特攻隊員だった父の遺したもの

松浦　寛

高文研

本書をまとめるにあたって幼い日のあいまいな記憶を捕捉して下さった、亡父の故郷宇和島の三間町に住む松浦香代氏（従兄弟の長女）をはじめ親類縁者、母方の伯母・深谷禎子の老人ホームでの晩年を支えて下さった関係者のみなさん、湖西成仁先生など父の母校の宇和島東高等学校（旧制宇和島中学校）の先生方に感謝したい。

また、茨城県の取手小学校時代の恩師の北村哲朗先生（守谷市にある徳怡山長龍寺の東堂）、最初にフランス語を教えて下さったシスター里見貞代（聖心会）、大学で学問の手ほどきをして下さった田中仁彦先生、国士舘大名誉教授で教育学の泰斗の天野隆雄先生、マラルメや大学教育の研究で知られる早稲田大学の岡山茂先生、さらに大正出版社長で杉原千畝研究の第一人者である渡辺勝正先生、洗礼を授かったパリ外国宣教会のオリヴィエ・シェガレ師、また義父で日本出版学会会長だった植田康夫（上智大学名誉教授）の忘れがたい学恩に改めて謝意を表したい。

さらに、示唆に富むアイデアで筆者の遅筆を鼓舞して下さった気鋭の編集者である真鍋かおる氏に感謝するとともに、妻の理恵と息子の祐伍に還暦を超えた私の思いが伝わればと思う。

そして、最後に本書がとりわけ前半戦争に明け暮れた「昭和」という激動の時代を知らない若い世代が平和の尊さを知る機会となれば、それに勝る喜びはない。

二〇二三年九月

松浦　寛

特攻隊員だった父の遺したもの ◉ 目次

第Ⅰ部　特攻隊員だった父

第Ⅰ部
特攻隊員だった父

一　予科練に志願した父

二〇二二年の夏、世間は安倍晋三元首相の暗殺事件の話題で持ちきりだった。旧統一教会への多額献金によって家庭が崩壊した山上徹也容疑者が、安倍元首相が統一教会を賛美するメッセージビデオを送ったことを知ったことが直接の原因だった。三年前から続くコロナ禍もまだ収まらず、灼熱の夏はいつ終わるかもわからない不安の日々だった。

父の故郷の南予の里

父の松浦重夫は、昭和を前にした一九二六（大正一五）年八月二五日に生まれた。

愛媛県の松山からＪＲ予讃《よさん》線で宇和島に行き、そこから宇和島と高知の四万十町を結ぶ予土《よど》線

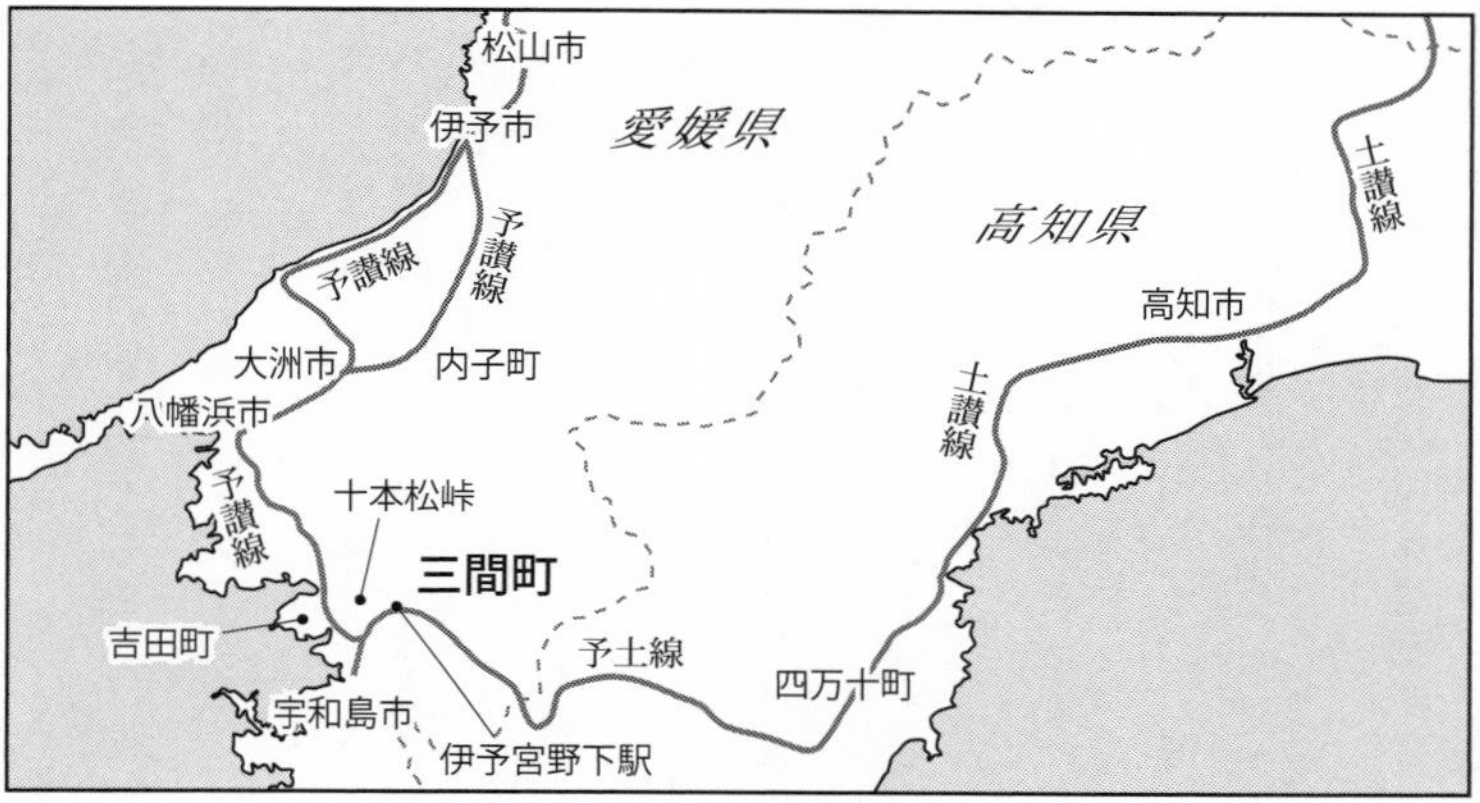

の伊予宮野下《いよみやのした》駅から歩く三間《みま》という小さな町が父の故郷だ。

二〇二二年の春、私は松山の老人ホームで亡くなった伯母の深谷禎子（母の姉）の法事のために、一〇年ぶりに松山に飛んだ。

三歳の時に上京した後は小学生の頃に旅行したくらいで、思い出らしい記憶はあまりないが、松山生まれの母と宇和島生まれの亡父は家内では伊予弁で話していたので、愛媛に帰ると地元の人の語る言葉に懐かしさがこみ上げてくる。

予土線は、地域の高校生などが宇和島に通うローカル線で、しばしば廃線が取り沙汰されるほど乗降客は少なかった。伊予宮野下の無人駅には一〇分あまりで着いた。私が幼い頃はまだ汽車だった車輌は、ディーゼル車にかわりあの独特のエンジン音を立てていた。

小学校の頃のおぼろげな記憶が戻り、父へ遡行する記憶の旅が始まった。

伊予宮野下の無人駅から、私は歩いて父の三間の故郷を目指した。片道二キロほどだが、三〇分、四〇分歩いても誰一人遭わない。駅から数分で、明治期と変わらない旧街道に出て、それからは山並みを前に水田が広がっていた。

父の長兄は良一、次兄は岩雄と言い、他にもカホル、シズなど姉もいる大家族だった。

実家は長兄の良一の子孫が継いでいて、当主で従兄弟の松浦郁郎は著名な地方史家として知られている。

松浦郁郎は、室町末期に日本で最初に書かれた農学書「親民鑑月集」を復刻して現代語訳し、その研究成果は、京都べ平連代表でもあった飯沼二郎（京都大学名誉教授）が編集した『近世農書に学ぶ』（日本出版放送協会、一九七六年）に詳しい。

「親民鑑月集」は、戦国時代の伊予の名将である土居清良の一代記『清良記』の一部として刊行された。江戸時代の思想家である佐藤信淵が『農政教戒六箇条』（一八四五年）で称賛したこの農学書では、伊予国大森城主であった土居清良が、臣下の松浦宗案に農政上の問題を諮問し、狭隘《きょうあい》な領地に何をいつ作付けしたらよいかなどについて上奏されたとされている。

南北朝時代に遡る古い農村

　この三間の地には、南北朝時代に南朝を加勢するために紀伊半島の牟婁《むろ》郡から鈴木氏に率いられた武士団が土着し、西園寺氏の家臣となり土佐の一条氏、さらに豊後の大友氏などと肥沃な三間盆地をめぐり抗争を続けていた。西園寺氏麾下の土居家の所領では、普段は農耕に従事し、いざ戦闘の場合はすぐに武装できる「一領《いちりょう》具足《ぐそく》」と呼ばれる半農半兵の住民が土着し、その郷士団の子孫が父の実家のある三間の村の民である。

　七世紀前から大きな人口移動もなく、土居、清家、兵頭、松浦、薬師寺、二宮、岩崎などの姓が優勢で、代を遡ればほとんどが親戚筋のような小さな村である。

　私があえて徒歩で父の実家を目指したのは、敗戦後父が松山の予科練航空隊から復員した同じ道をたどりたかったからだ。

　途中に「鬼ヶ峠」という鬱蒼たる森があり、旧制宇和島中学に通う父を、祖母は毎日提灯を持って、この本当に鬼が出そうな峠の切り通しまで見送ったという。父が幼い頃は舗装もされておらず、街灯もなく、さぞかし恐ろしい所だっただろう。

　父は一九四四（昭和一九）年三月に旧制宇和島中学を卒業すると、一七歳で松山の第一四期の予科練航空隊に志願した。

　卒業式の後宇和島の写真館で学友たちと撮影した写真では、誰一人にこりともしていない。写真の裏には進学先が書いてある。一人松山高等学校がいるが、父以外はすべて陸軍士官学校

父（前列左から２番目）と学友たち

か海軍兵学校である。

父が予科練を選んだのは、大叔父の吉田定男少将（陸軍士官学校二四期／陸軍大学校三六期）が独立第一〇一教育飛行団団長だったからで、大叔父は陸軍航空隊を養成する中心人物の一人だった。戦時中の日本では『航空少年』などの雑誌も刊行され、予科練の「七つボタン」は少年たちの憧れの的だった。

吉田定男は私の父方の祖母の弟にあたり、陸士では、甘粕正彦や作家の岸田國士と同期だが、石原莞爾と親交を結び、法華経に傾倒し、支那派遣軍を満州に戻すよう繰り返し具申して東條英機と対立していた。

父が「軍神」と呼ばれた軍人たちに触れると激怒し、大叔父は「何が『軍神』じゃ。東條の言っとることは嘘ばかりじゃ。支那の百姓を殺

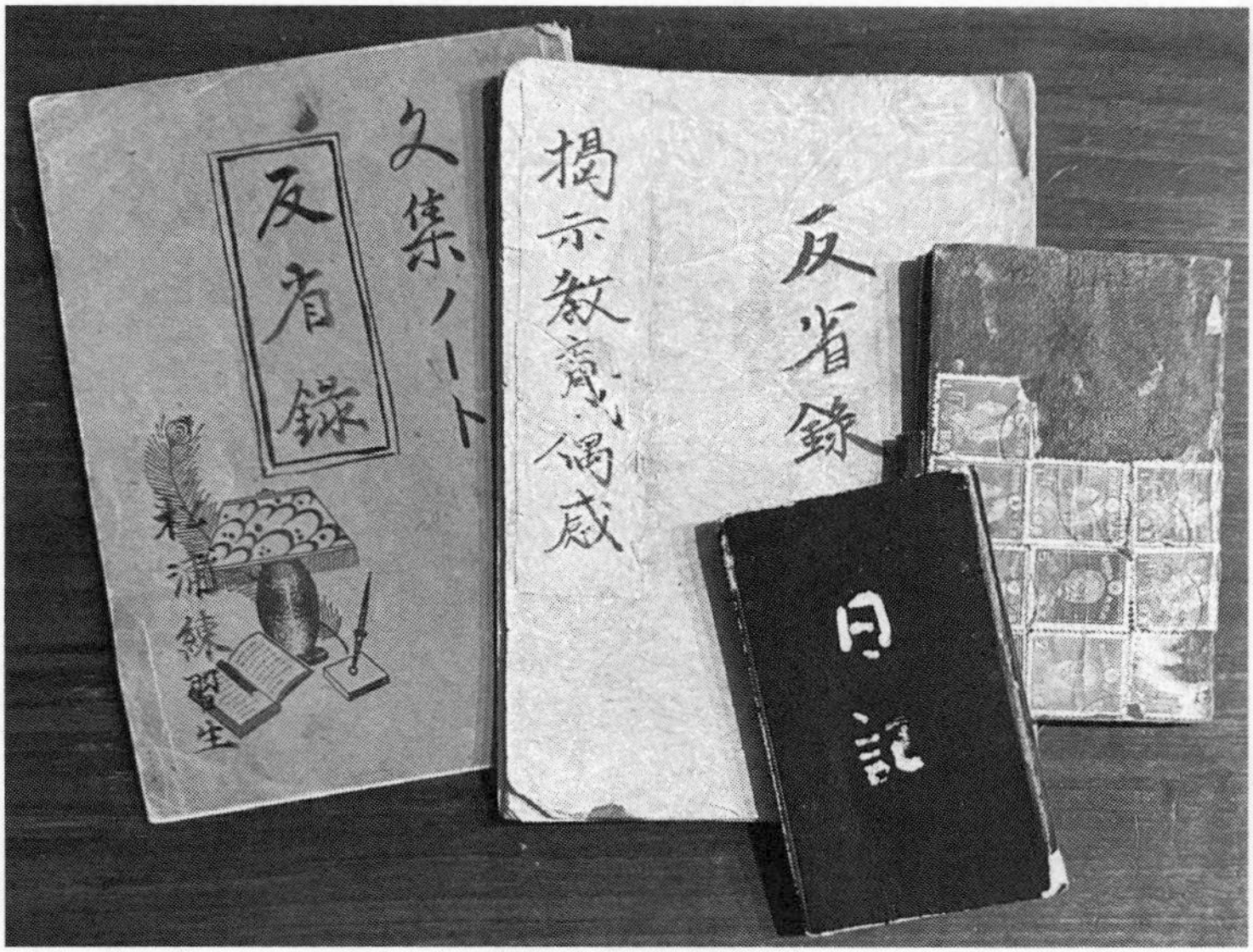

父が残した日記類

してどうする」と言葉を荒げたという。

父は筆まめな人で、予科練入隊時から大学時代、就職を経て私が生まれた年まで克明に記録し、また多くの写真を残している。父の覚え書きには、「残念なのは、私にとっては貴重な日記、手紙の一部を上官に没収されたり、米軍機の爆撃で失った事である」とあるので、他にも記録類があったのだろう。

大戦初期の日本軍は、破竹の勢いで東南アジアを席巻したが、米国とはあまりにも工業生産力が違い、一九四二（昭和一七）年六月五日のミッドウェー海戦の敗北以降、いよいよ日本軍の敗色は濃くなっていった。

庶民も大本営の華々しい戦果を額面通り受け取っていたわけではなく、小さな村でも続々と戦死者が出ており、よほどの愚か者でもない限り、「これは負け戦」と思われた。しかし、当時の日本ではそれを口にすることはできなかった。

いつの時代でも、戦地に真っ先におもむくのは、血気盛んな若者たちである。

父は宇和島中学の四年生だった一九四三年にはやくも予科練を受験したが、体重不足で不合格。背が低くやせっぽちの父は、誰が見ても軍人には向いていなかった。そして、旧制中学卒業の四四年に、「飯を毎日ドカ食いし」て何とか合格したという。

父は予科練への志願の理由を「老いた父母と故郷を守るため」と言っていた。もちろん、戦死者の続出を見聞きしてきた父は、「この戦は負けかもしれん」と思ったこともあるが、「たとえ負けるにしても、少しでも良い条件で講和できるなら、その捨て石になっても構わん」と思ったという。

どこで戦没したかわからない伯父

一九四四年になると、松山や宇和島など愛媛県の主要都市でも米機の空襲が始まり、父の故郷の三間村でも敗戦までに三四五人の若者たちが戦死したと『三間町誌』(三間町誌編纂委員会、一九九四年)は伝えている。

もちろん三間は山村なので空襲はなかったが、三間町の戦没者は、宇和島市の戦没者三六三九人の約一割に相当する。その三四五人の内の最高位の軍人が松浦岩雄少佐で、父の次兄である。宇和島中学を卒業後、伯父は予備士官学校に入学した。予備士官学校は、陸軍士官学校より少し修学年限が短く、有事の際に多数必要となる下級将校を養成する軍学校である。

高千穂降下部隊に入隊した岩雄は、台湾航空隊の司令官をしていた大叔父の吉田定男少将に挨拶をしてからフィリピンに飛んだ。戦局は誰の目にも敗色濃く、伯父はフィリピンでの戦死を覚悟し、「萬一白木の箱で帰ってきたら目出度いと云って下さい。墓標は白木の角柱にお願いします」と遺書をしたためた。

その後、伯父はルソン島に送られ、官報では一九四五（昭和二〇）年七月一〇日にビルークで戦没したということになっているが、正確な戦没地や日付はわからない。

陸軍の花形部隊だった高千穂降下部隊も、当初のレイテ突入計画を米軍の圧倒的砲火で断念を余儀なくされ、ルソン島東部のゴルドンに移動し、武器を持たない軍属、医官や看護婦などを護衛し、「バレテ峠を死守せよ」との命を受けた。

しかし、物量を誇る米軍に次第に押され、弾薬や糧秣も極度に不足し、三人一組の切込隊が編成され米軍陣地の爆破に向かったが、伯父が指揮する部隊は第一〇師団との連絡も途絶え、六月二六日にカガヤン河方面に退避。部隊は未踏地の道なき道をたどり、河に入り、断崖をよじ登ったりして、最初の集合地のビルークに向かった。現在ではバーアック（Biruk）という英語風の

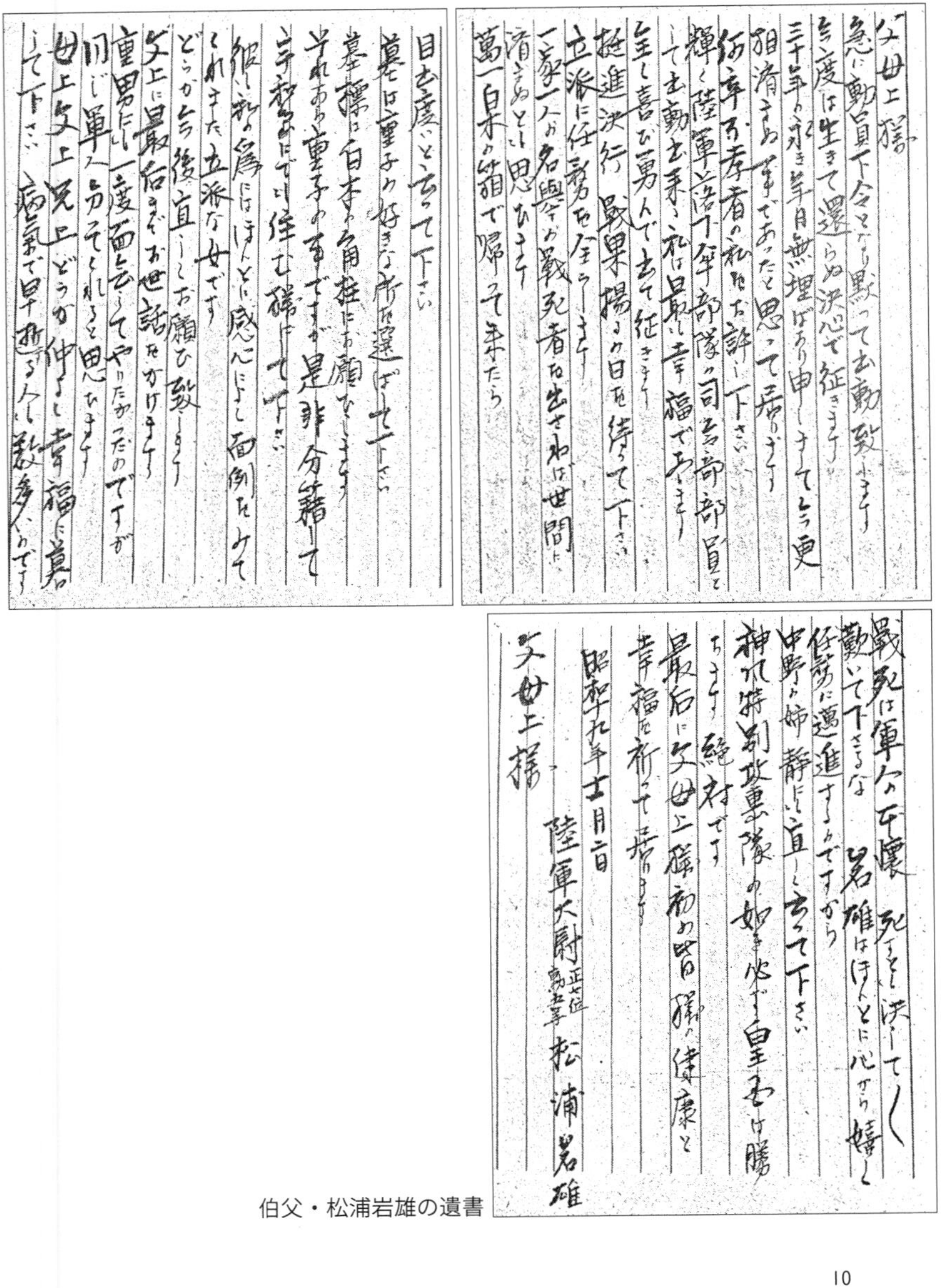
父母上様
急に動員下令となり黙って出動致します
今度は生きて還らぬ決心で征きます
三十年の永き年月無理ばかり申しまして今更
相済まぬ事であったと思って居ります
何卒不孝者の私をお許し下さい
輝く陸軍落下傘部隊の司令部部員と
して出動出来ますことは私は最も幸福であります
皆して喜び勇んで出て征きます
挺進決行戦果揚るの日を待って下さい
立派に任務を全うします
一家一人の名誉の戦死者を出さねば世間に
済まぬとも思ひます
萬一白木の箱で帰って来たら
目出度いと云って下さい
墓は童子の好きな所を選ばせて下さい
墓標は白木の角柱にお願ひします
それから童子の事ですが是非分籍して
幸福な所にでも住む様にして下さい
彼女は私の為にはほんとに感心によく面倒をみて
くれました立派な女です
どうか今後宜しくお願ひ致します
父上に最後までお世話をかけます
童男にも一度面会してやりたかったのですが
同じ軍人にしてくれると思ひます
母上父上兄上どうか仲よく幸福に暮らして下さい
病気で早逝する人が多いのです
戦死は軍人の本懐 死すとも決して
歎いて下さるな 岩雄はほんとに心から嬉しく
任務に邁進するのですから
中野の姉静にも宜しく云って下さい
神風特別攻撃隊の如き必ず皇国は勝ちます 絶対です
最後に父母上様初め皆様の健康と
幸福を祈って居ります
昭和十九年十一月二日
陸軍大尉 正七位 勲五等 松浦岩雄
父母上様

伯父・松浦岩雄の遺書

呼び方が定着しているビルークは、ルソン島中部の小都市である。

この退避中に部隊はちりぢりになり、マラリアに罹り朦朧としていた最後の様子が、戦後部下によって実家に伝えられた。そのまま病没したのか、自決したのか、ゲリラに刺殺されたのかわからない。若い妻と幼い子どもが住む伯父の家には、何も入っていない白木の箱が送られてきた。

父が書き残した一九四四年一二月八日の「大詔奉戴日」（対米英戦争の開戦記念日）の覚え書きには、「兄レイテ島ニ特攻隊員トシテ落下傘降下ス」との付記の下に以下のような記述がある。

「今日ハ陸軍高千穂落下傘降下部隊レイテ島ニ強行落下ノ発表アリ。兄モ多分其ノ舞台ニ交ツテ思フゾン分米鬼ヲ斬ツテキル事デアロウ。『兄上シツカリ』。タトヘ『レイテ』戰ノ華ト散ルモ、我飛ビタチ仇ヲ討タン」

戦死者が増えるにつれて、日本全体を死のロマンティシズムが支配するようになった。「海行かば」のあの人を奈落に引きずり込むようなメロディーが、一人また一人と、日本の若者たちを死の淵に引きずり込んでいった。

東南アジアの英軍と太平洋の米軍に挟撃され、日本軍の戦線は縮小し、兵器と食糧の払底がさらに無謀な作戦を枚挙させた。戦略目的の達成ではなく、「死ぬこと」自体が自己目的化されていったのである。

これでは、もはや敵は米軍なのか大本営なのかわからない。

祖母の操から来る父宛の手紙は、三間村で刻々増えゆく戦死者を伝え、「内でも一人くらい戦死者を出さないと世間様に申し訳ない」という雰囲気になってきた。そしてついに操から「母は一度家を出したからにはけつして子供の命をおしみません」との手紙がきた。しかも、父の名は「重夫」だが「重男」と書いてある。戦後、父は私に「実の母親から名前を間違えられ、『はやく死んで来い』と言われちゃ、『これはいよいよ最期じゃな』と思った」と笑っていた。

もちろん、それは祖母の本心ではない。

自分の息子の死を願う親などどこにいるだろうか？

現代の若い世代にはにわかに理解されないだろうが、軍事郵便はすべて「検閲」されており、兵隊が実家に心を残すようなことは絶対に書けないのである。

同行《どうぎょう》二人《ににん》

四万十川沿いを走る予土線の伊予宮野下の駅から三つ目の宇和島まで汽車で行き、父は昭和の初めに旧制宇和島中学に通っていた。

一九一四（大正三）年に開通した予土線は、戦前はもちろん蒸気機関車で、ドイツのコッペル社の車輌は、客車は「マッチ箱のように小さく、向かい合わせの客の膝が擦れ合うほど」だったという。ローカル線は馬力不足で、峠にさしかかるとたちまち息切れ。「学生たちは降りて来て汽車を押せ」と車掌がどなると、少し身軽になってまた動き出した。

久しぶりに宇和島駅に降りた私は、ホテルで旅装を解いた。

春休み時期なのに、駅前は閑散としていた。ホテルのフロントで「駅前にこんなに人がいないのはコロナのせいですか？」と尋ねると、「いえ、コロナ以前からこんなものですよ」との答え。地方都市の衰退をひしひしと感じた。

しかし、山深い農村出身の父からすれば、尋常小学校を卒業して初めて見た宇和島は、相当の都会に見えたに違いない。なにしろ、故郷の三間は、伊予宮野下駅から父の実家まで歩いても今でも誰一人すれ違わない山村なのだ。

タクシーではなく、父がそうしたように、私は歩いて旧制宇和島中学、つまり現在の宇和島東高等学校まで歩いてみようと思った。

三間には佛木寺《ぶつもくじ》という四国八十八箇所霊場の第四十二番札所があり、父はよく四国遍路のことを話してくれた。お遍路で常に自分には弘法大師がついていてくれる、弘法大師が共にいてくれる「同行二人」という言葉が頭に浮かび、私は懐かしい父といっしょに歩いているような気持ちにとらわれた。

旧制宇和島中学の前身は、宇和島・伊達藩の藩校「明倫館」であり、父は戦時中ゲートルを脚に巻いて通った、この古い伝統校を愛していた。藩校なので当然宇和島城の城下にあり、宇和島駅を西に進み、国道五六号線を南下し、お城をぐるりと回り、児島惟謙《こじまいけん》の像や護国神社の前を通り過ぎると宇和島東高校の正門に着く。

児島惟謙は、一八九一（明治二四）年に大津事件が起こったときの大審院の院長だった。訪日中のロシア皇太子ニコライを警備に当たっていた巡査の津田三蔵が切りつけた事件は、日本中を震撼させた。総理大臣・松方正義ら政府首脳が大逆罪（天皇をはじめとする皇室の人々に対して危害を加え、または加えようとした者を死刑とする刑罰）による死刑を主張したが、罪刑法定主義（どのような行為が刑罰の対象となるかは事前に法律で定められていなければならない）の立場から大逆罪を構成しないとして政治介入を撥ね付け、司法の独立を守った。この気骨の裁判官もまた、旧制宇和島中学の前身である藩校「明倫館」出身だった。

宇和島東高校に着くと、「いま亡父の伝記を書いているのですが、父は宇中時代の卒業生です。何か旧制宇和島中学時代のなごりのようなものがあれば見せていただけませんか」と、私は来意を受付で告げた。ちょうど三学期末試験の最中で、教員は試験監督に出ていた。「試験がもうすぐ終わりますから、少々お待ちください」と言われ、しばらくすると、記念館の館長である湖西成仁先生が戻って来られた。

卒業生名簿ですぐに父の名前が見つかり、「長兄の良一、次兄の岩雄も御校の卒業生で、岩雄は戦時中御校の軍事教官、体育科の教員でした」と私が述べると記念館に案内され、立派な装幀の『創立一一〇年記念誌』をいただいた。

「これから予土線に乗って父の実家の三間に行って、祖父の墓参に行こうと思っています。実家の当主の松浦郁郎は私の従兄弟にあたり、郷土史家で『親民鑑月集』を復刻し、現代語訳しました」と述べた。すると、「おお、郁郎さん！　実は私は新米教師の頃、三間高校に勤めており、三間役場におられた郁郎さんに来ていただき、郷土史の講演をしていただいたんですよ」と、湖西先生が昔話をされた。

父の大車輪

日曜日に父と、通っていた小学校の校庭に行ったことがある。補助輪を外した自転車に乗れるように練習に行った際だ。父はしょっちゅう海外出張で家を空けていたので、私はウキウキしていた。

父は自転車の荷台を押さえ、「後ろを押さえておくから乗ってみれば……」と言った。私は当初フラフラしながら、しばらく漕ぐと自転車は加速した。「大丈夫だから」という父の声が聞こえたが、もう後ろには父はいなかった。補助輪なしで自転車に乗れるようになった私は有頂天だった。

しばらく自転車を漕いで疲れてベンチで休んでいると、低学年の生徒ではとてももとどかない鉄棒に向かって父が跳んで両手でつかんだ。何をするのか見ていると、勢いをつけた父は二回、三回と大車輪を披露した。驚いた私は、思わず歓声を上げた。父は「昔、軍隊で毎日のように練習したのよ」と言った。

昭和の中頃に生まれたわれわれにとって、アメリカとの戦争は、それほど遠くない現代史だった。人気漫画には『零戦太郎』『紫電改のタカ』などがあり、家の近所には防空壕の跡があり、上野のガード下では、傷痍軍人がアコーディオンを弾いて哀れを誘っていた。

傷痍軍人とは戦闘中にけがなどをした軍人で、私の子どもの頃は、義手や義足を付けた復員兵がまだたくさん街で見かけられた。

また、子どもの靴磨きがいて、自分と変わらない年齢の子どもたちが働いていることに驚いた。「かわいそうに、戦争で親を亡くしたのだ」と父は言った。私は、漫画の華々しい空中戦とは違う、戦争の陰惨な側面を見た思いで恐怖した。

「がいな人」として有名だった伯父

私が大田区の松仙小学校に通っていたある日、父の長兄の良一伯父がやって来た。数カ月前に「ブラジルに視察に行って来る」と言ったきり、まったく音信不通だったので父も驚いていた。

父が松山の井関農機に勤務するようになると、ある同僚から「三間の松浦といえば、確かがいいな人がおったなあ」と言われたが、父はそれが良一兄のことだとピンときたと言っていた。「がいな」というのは、伊予の方言で、良くも悪くも「程度がはなはだしい」の意である。

父を含めた兄弟三人はみな「がいな」人だが、良一伯父はそれが飛び抜けていた。伯父は、生協の生みの親で神戸の新川にあるスラム街の民生向上に尽力した賀川豊彦の四国遊説に感激し、プロテスタントに改宗。当時の賀川は『死線を越えて』のベストセラーで日本中に知られていた。

伯父はさらに大杉栄やクロポトキン、トルストイなどに傾倒し、アナーキズムによる搾取も貧困もない農村を夢見ていたという。特に何か活動していたわけではないが、山深い僻村で、大杉栄の『クロポトキン』など読んでいることは、ちょっとしたスキャンダルだった。誰が密告したのか、「あいつはアカでヤソじゃ」ということで、ある日特高警察に踏み込まれ、拷問を受けて半殺しの目に遭って帰ってきた。アカとは共産主義や社会主義を指す隠語で、ヤソとは「耶蘇」と漢字で書き、キリスト教を指す。

戦前の日本は、そういう時代だったのである。

そのとき、愛媛県で内務省の特高警察を指揮していたのが、後に自民党の衆院議員となる今松治郎だった。井関農機の創業者である井関邦三郎とともに、三間町役場に今松の胸像が設置されているが、わが家にとって、今松と自民党は不倶戴天の敵となった。ちなみに、この今松の推挙で政界に入ったのが、日本工業新聞の記者だった森喜朗氏である。

幸いそんな出来事があってもわが家は、戦時中「村八分」になることもなかった。「村八分」とは、村のしきたりを守らない者への封建時代から戦前まで農村に続く制裁で、普段付きあいから排除するが、葬儀と火事だけは対応するというものである。

父の一族が「村八分」にならなかったのには理由があった。

父方の祖母の操の実家は貧しい農家だったが、女学校で勉強したくて仕方なかった。しかし、貧しい家計では進学はとうていかなわず、祖母は「せめて弟だけでも宇和島中学に行かせてやってください」と親に懇願した。祖母の弟、つまり私の大叔父は村一番の秀才で、「庄屋様や医者の息子より出来よるのになんで中学に行けないんや」と悔しがった。しかし、幸いその時、素封家の吉田家が「養子にもらいたい」という話が出てまとまり、大叔父の吉田定男は、宇和島中学に進学、さらに陸士、陸大と進み、優秀な成績を収めて「恩賜の軍刀」組となった。

大叔父が黒塗りの車に将旗をなびかせ、副官を従え、村長以下村の重役が正装で出迎える姿は、少年時代の父に大きな印象を与えた。

つまり、大叔父は、小さな村で昭和天皇と直接会話を交わした唯一の人物だったので、誰も吉田家と松浦家には手出しができなかったのだ。

海軍は英語だが、陸軍はドイツ語、フランス語、中国語、ロシア語などを学び、大叔父はフランス班だった。アメリカ嫌いの父が幼い私に「フランスは文化の高い良い国じゃ」と教えてくれたのは、この大叔父からの話に拠るものだった。この「フランスは文化の高い良い国じゃ」という父の何気ない一言は、後に私の人生を変える重要な一言になった。

「がいな人」として有名だった父の長兄と予備士官学校から高千穂降下部隊に入隊した父の次兄は折り合いが悪く、口論が絶えず、祖母の操はどうしていいかわからず涙に暮れていたと父は言っていた。

末子である父は、無類の親孝行だったので、祖母は「重夫や、重夫」といつも可愛がった。まだ東京と地方に大きな生活の格差があった時代、父は月末に給料が出るたびに、電気毛布など当時東京でしか入手できない電化製品などを祖父母に送っていた。

「鼓膜を破った者など役に立たん」

一九四四年末になると、とうとう米機による本格的な本土空襲が始まった。本土が戦場になるという惨事は、鎌倉時代の「元寇」以来七世紀もなかったことで、日本中頭に血が上っていった。その恐ろしい雰囲気が、手元に残る厖大な数の軍事郵便に残っている。

父の親友だった清家卯太治氏からは「甲飛の練習生として大死一番日々の日課に全力を尽くせ」との葉書、当時陸軍中尉だった次兄の岩雄からは「二人は決して生還を期し得ず、大我に生きることこそ肝要なり」との手紙。「甲飛」とは、旧制中学校四年一学期修了以上で、満一六歳以上二〇歳未満の志願者から選抜された予科練生のことである。

「とにかく、来る葉書、来る手紙『はやく死んで来い』ばかりで参った」と、父は笑っていた。

松山の予科練航空隊に入隊した父を待っていたのは、当初の予想とはかなり違ったものだった。海軍なので体育や軍事学、艦隊実習は誰でも想像できたが、父の日誌によれば、最初の学習は、数学や物理で用いるギリシア文字の復習だった。特攻機といえども、機体構造や燃料の性質など物理・化学法則によって飛ぶので当然だが、「予科練に入隊すれば直ぐにでも飛行機の操縦ができると思っていた」父は閉口したという。

戦局がいよいよ厳しくなり、本土にある戦闘機や爆撃機が次々と南方戦線に送られ、練習に使う「赤とんぼ」と呼ばれる練習機以外、実戦に使える戦闘機が極端に不足していた。

七月のある日、父は砲術の時間、急に便所に行きたくなり兵舎の階段を駆け下りていたとき、突然後ろから声がした。

「こら、貴様待て！　なぜ敬礼せんかったのか」と三五分隊の〇〇兵曹からとがめられ、いきなり平手打ちを食らった。「耳がガーンとし」て、そのまま倒れ、耳から血が流れた。鼓膜を破ったのである。そして、父は海軍病院に一〇日間入院することになった。

久米正雄の小説「鉄拳制裁」（『学生時代』一九一八年所収）にあるように、ゲートルを巻いて通

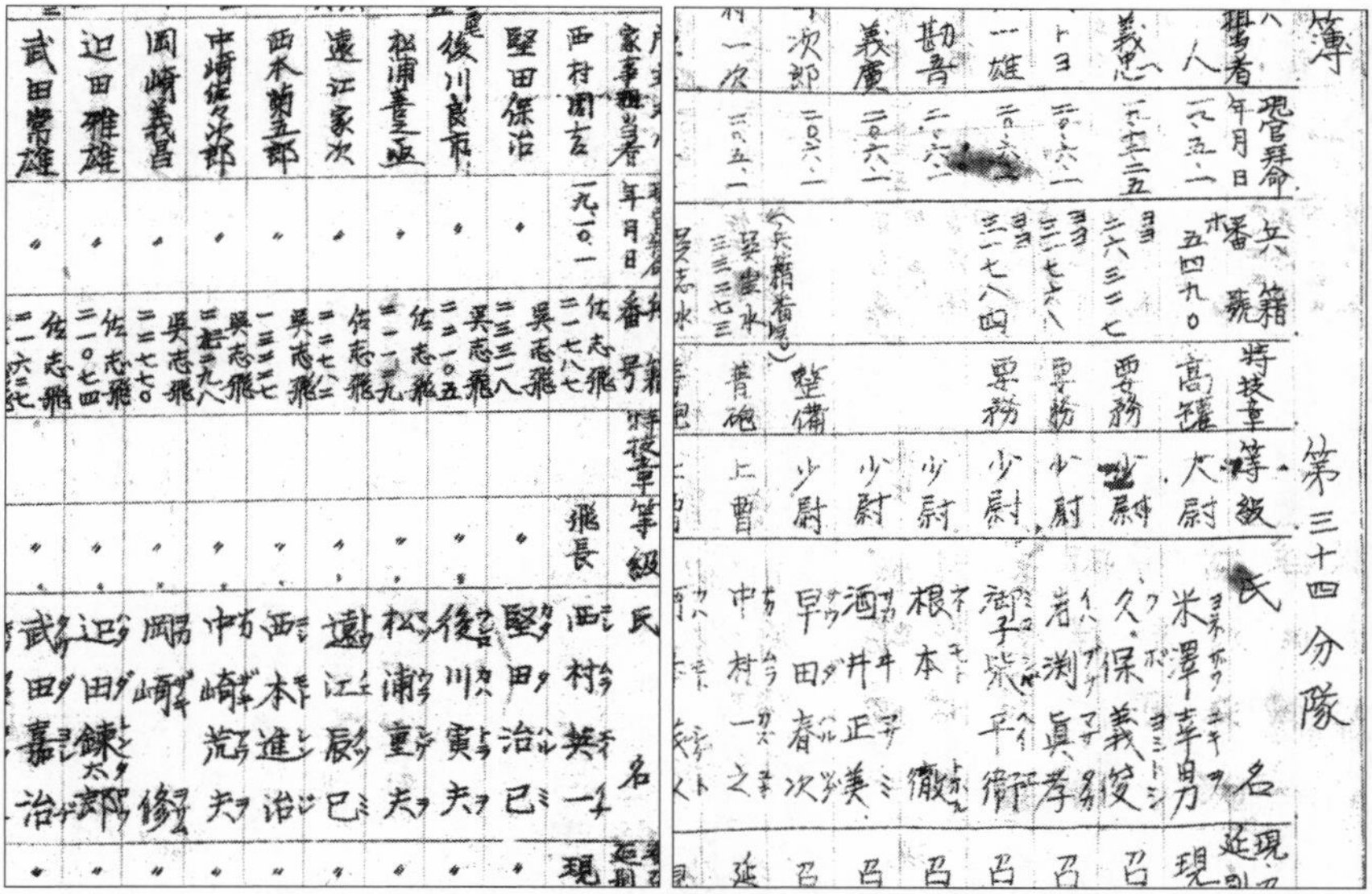

父・松浦重夫が所属した松山予科練三〇一部隊の「陸戦隊名簿」。筆頭に米澤幸男大尉（右）と父の名前（左、４人目）が記載されている

う旧制中学や高校では、廊下で上級生とすれ違うと敬礼をし、欠礼すると「生意気だ」と鉄拳制裁が待っていた。

しかし、この災難が後に命を救うとは父は思いもよらず、見舞いに来てくれた「分隊長の期待に応えよう」とその時は思った父は言う。

大戦末期の予科練の戦闘機の払底は簡単に解決できる問題ではなく、翼なき予科練では特殊潜航艇や水中特攻隊などの応募が始まった。

良く知られた「回天」やモーターボートの先に爆弾を積んだ「震洋」などの特攻兵器は、一度搭乗すれば生きては帰れなかった。

父はもちろんこれにも志願したが、病歴を見た米澤幸男大尉から「貴様は、以前鼓膜を破ったことがあったな。そんな者は役に立たん。よって却下」と言われた。「鼓膜を破ったのは大分前の話で、これから死ぬというのに鼓膜もへったくれもない」と父は思ったが、上官の命令は絶対なので引き下がるほかはなかった。

「敗戦近し」を知っていた米澤大尉は、あらゆる理由にもならぬ理由を持ち出して、一人でも多くの部下を生き伸びさせようとしていた。戦後、父は、「貴様ら若い者が全部死に絶えたら、この廃墟になった祖国を誰が復興するのか」と米澤大尉から聞いたという。

入隊してから約一カ月後の四四年五月六日、三月から秘匿されていた連合艦隊司令長官の古賀峯一大将の殉職（海軍乙事件）が航空隊に伝わる。

連合軍によるトラック島空襲を受け、連合艦隊の拠点をミンダナオ島のダバオに移す過程で、古賀大将の搭乗機が消息不明になり、司令部要員七人が殉職したばかりではなく、海軍の最高機密文書がフィリピンのゲリラに奪われ米軍に渡るという大失態であった。父の日記には、「古賀大将戦死、後任は豊田副武大将」という短い記述しかない。

九月になると、父たちより一期上の第一三期練習生に関する記述がある。

「宮崎がお別れに来た。愈々《いよいよ》明日は○○に向けて出発。宮崎の顔を見るのも多分今日で最後であろう。別れの杯《さかずき》と行きたいが、酒が無いので配給のまんじゅうを分けて食った。行き先は不明だがフィリピンかもしれないとの事。遺髪を置いていった」

日記を追って行くと、大本営が、一般国民のみならず軍隊もだましていたことがわかる。一〇月二三日の靖国神社大祭の記述には、「昨日も我が海軍は大戦果を挙げた。空母、戦艦、駆逐艦八隻を撃沈した」とあるが、周知のようにこれはレイテ沖海戦のことで、日本海軍はこの戦いで、戦力の大半を失っていた。

特攻出撃の前に「一目でいいから会いたい」と願った祖母

村中でも続々と戦死者が出て、いよいよ敗色濃い日本。

祖母の操は、父が出撃する前に「一目でいいから会いたい」と願った。次頁の写真は、井関農機の創業者の井関邦三郎氏から父の実家に宛てた戦時中の手紙である。

周知のように、日本にはクボタ、ヤンマー、井関農機という三大農機具メーカーがある。井関農機の創業者の井関邦三郎氏は、父の同郷人で三間の出身だった。戦時中井関農機は航空機の部品などを製造し、故郷の三間村に託児所建設のために「一千円」という当時としては大金を寄付していた。

この手紙に対応する実家からの手紙は井関家にあるだろうが、この返信から大体の想像はつく。つまり、戦況の悪化を見た祖母は、来たるべき特攻出撃が近いことを察知し、死ぬ前に一度だけ父に会いたいと望み、井関航空兵器製作所の社長に息子に会う手立てはないかと尋ねたのである。

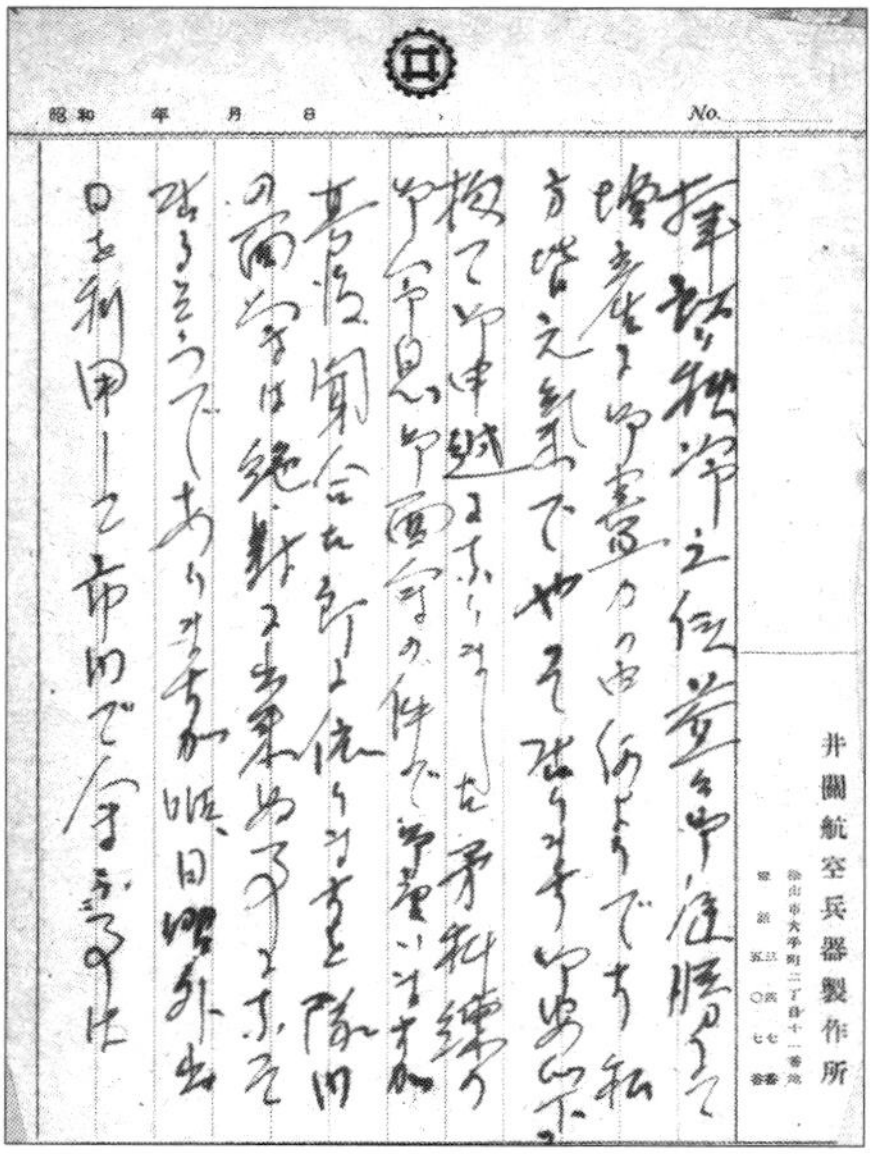

昭和　年　月　日　No.

井關航空兵器製作所

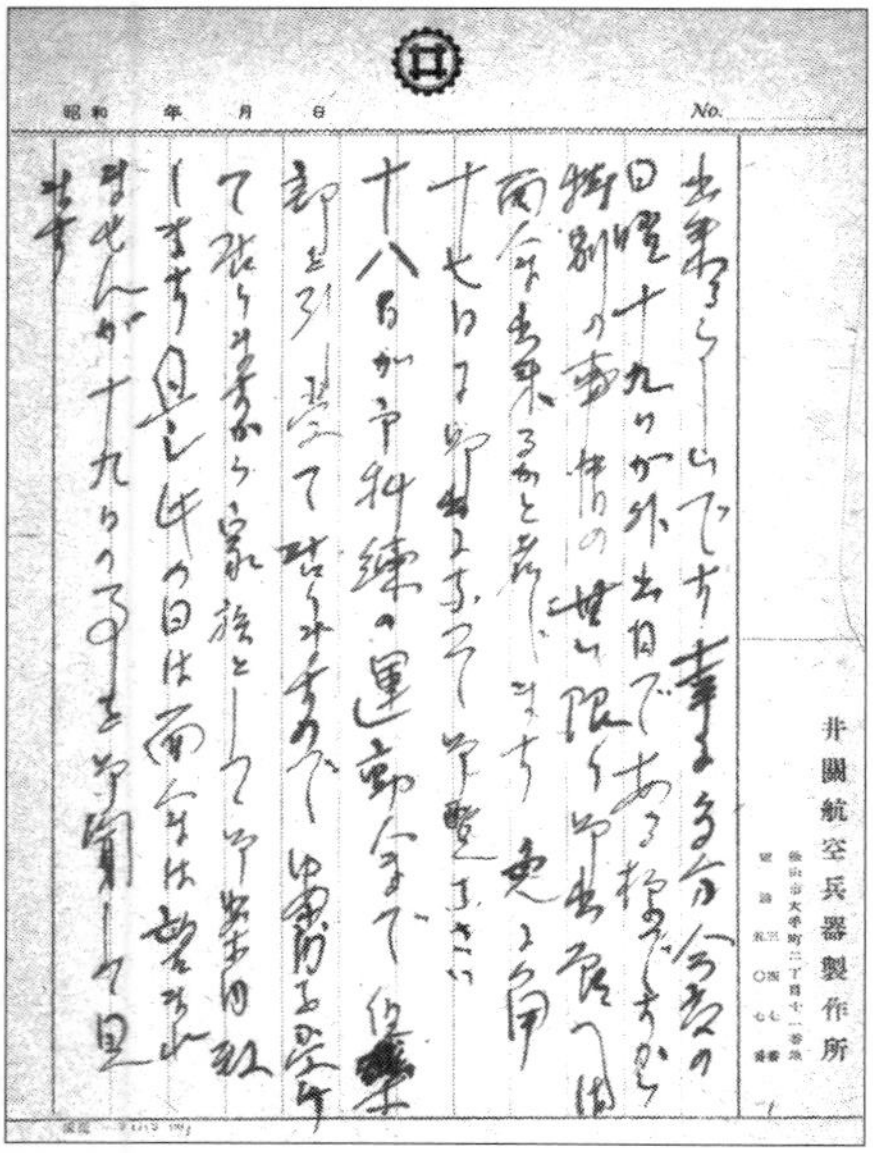

昭和　年　月　日　No.

井關航空兵器製作所

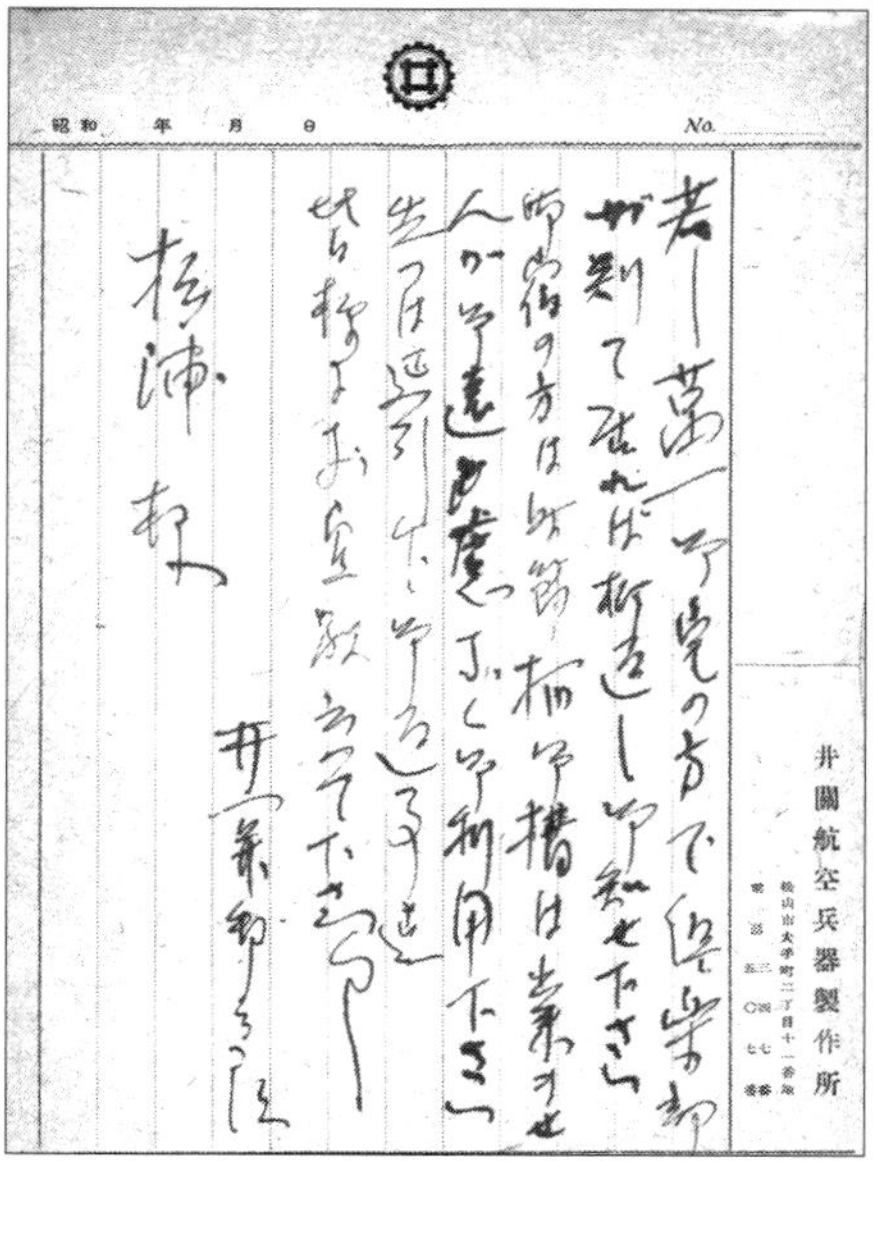

昭和　年　月　日　No.

井關航空兵器製作所

井関農機創業者の井関邦三郎氏から
父の実家に宛てた手紙

井関邦三郎氏のこの返信には、「予科練は一度入隊したら両親との面会は絶対不可。しかし、予科練生には『外出日』というのがあり、偶然そこで会ったことにすれば会うことはできる」というような内容が書いてある。

父は末っ子で祖母にとても可愛がられた。

子どもを持つ親は誰でもわかるだろうが、大きくなってからも、子どもに接していると、自分を無邪気に慕ってくれた幼児の頃の子どもが繰り返し脳裏に浮かぶのである。だからこそ、大きくなって生意気になった子どもに接しても、親は寛大でいられるのである。

予科練入隊後1カ月後の父

まだ二〇歳にもならないのに、毎日死を見つめて生きている息子に最後に一目だけでも会いたいという気持ちは、痛いほどよくわかる。老いたる親にとって逆縁、自分より先に子どもが亡くなるほど大きな悲しみはない。

もろちん、家族、親戚や友人たちが父の死を望むわけがない。しかし、軍事郵便はすべて「検閲」されているので、本音は書けないのである。もし「生きて帰って来てくれ」などと本音を書こうものなら、手紙は没収され、父も制裁を受けただろう。松山の予科練航空隊入隊後一カ月目の父は、まだあどけない子どものようである。

一九四五年五月四日の松山空襲で海軍航空隊の兵舎が炎上し、予科練は「第二次攻撃を避ける」ため、夜半に松山市内の県立女学校に疎開した。「これが天下の予科練なのか、無念の一語」と記す父は、この時ほど失望したことはないと言う。

それに追い打ちをかけるように、高高度を飛ぶB29から謀略ビラが撒かれた。

「鍵は皆様の一人一人が持っている／孤島の肉親を救え、国土を救え／武器を捨てて新日本建設に立て」

連日の空襲にもはや日本軍の劣勢は明らかだったが、誰も「敗戦」を口に出すことはできなかった。古代の白村江の戦い以来一度も外敵に負けたことがない、その日本が負けるはずがないという「神州不滅」の神話に誰もがすがった。

「隣県へ疎開せよ」

一九四五年五月一〇日に、突然の移動命令。「隣県へ疎開せよ」との命令に部隊に驚愕が走った。

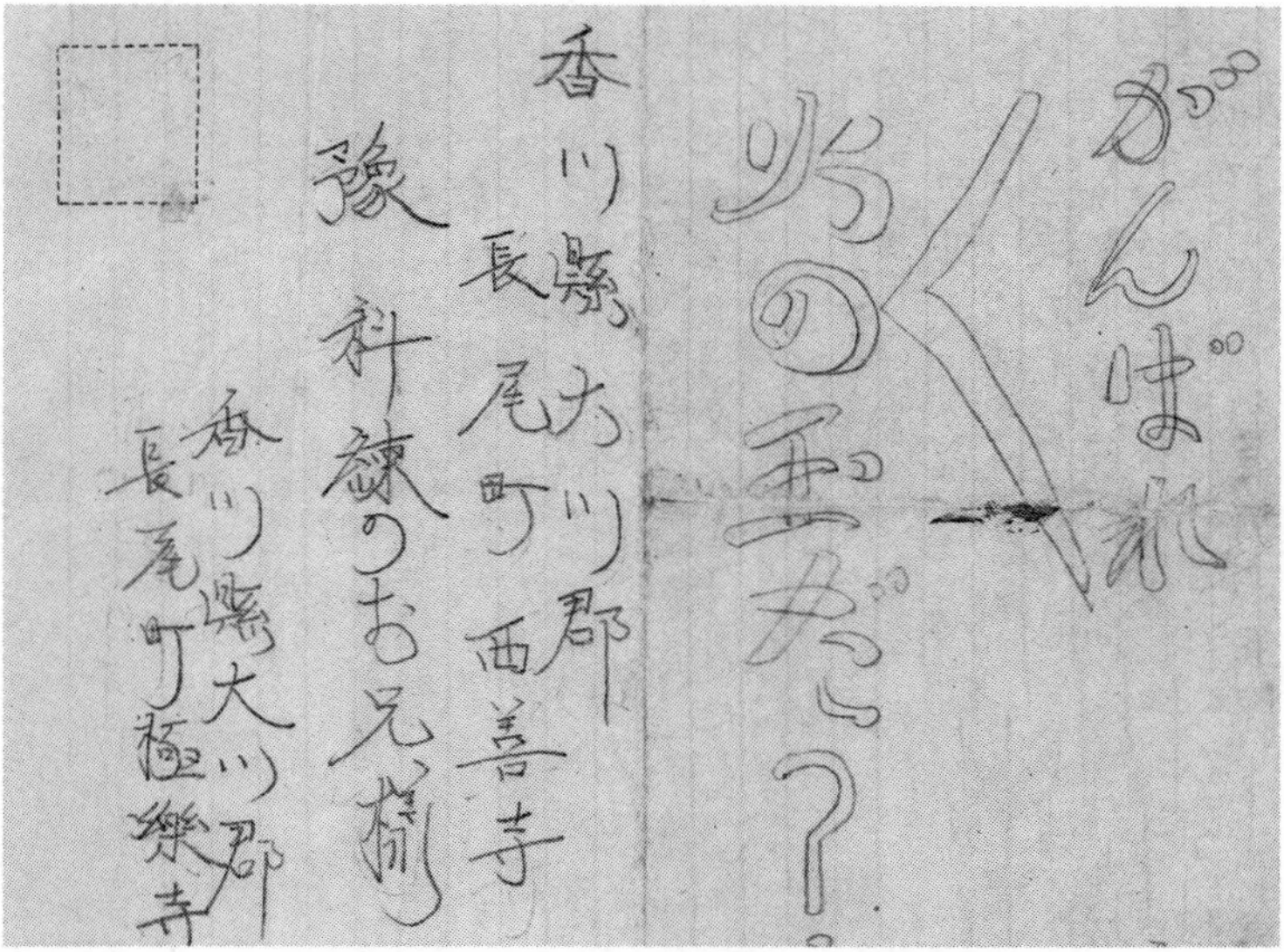
がんばれ
火の玉だ?
香川縣大川郡
長尾町西善寺
豫科練のお兄様
香川縣大川郡
長尾町極樂寺

疎開していた子どもから受け取った激励の手紙

目的地は、香川県大川郡長尾町の西善寺だという。

「これは新部隊編成までの一時疎開」でしばらくの間は「航空燃料の松根油をとるために松の根を掘る」という。

訓練生たちの落胆は一通りではなかったが、毎日鍬やスコップを担いで山に入った。

長尾町内や近辺にある宝蔵院極楽寺、秀円寺、伝西寺や四国霊場第八十七番札所の長尾寺などには大阪からの疎開児童たちが分宿し、子どもたちは時々、予科練生たちを励ますために「学芸会」を開いてくれたという。

父は、子どもたちが「ひどく痩せている」のが気になったという。

当時の父の俸給はわずか一六円だったが「どうせ死ぬ身」と近くの農家に行っては米や卵を買って子どもたちに分け与えた。「幼い子供達は余程腹をすかしていたのだろう。私たちが行くとワーッと歓声をあげて飛びついて来た」という。疎開児童たちは、「特攻機が米艦隊を沈め、必ず最後に日本が勝つ」と本気で信じていた。

予科練生たちは、どこに行っても町を挙げて大歓迎を受けた。

五月三一日、香川県の長尾町に疎開した予科練が松山に戻って行った。着いた場所は、松山市斎院のお寺だった。

零戦や紫電改などの戦闘機は、次々と南方戦線に送られ、もはや飛行機どころではなかった。新たに陸戦隊が編制され、水中特攻隊の募集が始まった。回天や震洋や海竜などといった自爆兵器である。

高知県の宿毛《すくも》で米軍上陸に備える

フィリピンに続いて沖縄も米軍の手に落ちた。

海軍陸戦隊が何度も再編成され、最後の本土決戦に備えて、父の部隊は六月一〇日に再び移動を命じられた。

米機による空襲で軍需工場は破壊され、武器弾薬が極度に欠乏していた。三四名もの小隊に対して渡されたのは、「小銃十三丁、小銃弾は十二丁につき三十発、陶器製の手榴弾と戦車のキャタピラを爆破する爆弾が少し」というあり様。「とにかく後は鍛えた体力と精神力で戦う以外に無い」という、はなはだ心許ない状況だった。

宿営地の宿毛の近くの深浦港には魚雷艇、小筑紫には特殊潜水艇の基地があった。「しかしこの連中はまだマシで敵と刺し違えるだけの武器を持っていた」と父は日記に残している。

上官の御子柴少尉と飲んでいるうちに予科練生たちの不満が爆発した。

「小隊長、飛行機に乗せてください！　自分は飛行兵であります。ぜひ飛行機に乗せてください」

隊員たちは、すっかり泥酔し村中を飲み歩いた。泥酔した御子柴少尉は、「おい、おまえはエンジンを作れ。おまえはプロペラを作れ。今からその飛行機で敵艦に突入する」と、村人をつかまえては誰彼なしに話しかけていた。

七月になり、米軍を向かい討つために海岸線に重機関銃を備え付けるための壕を掘っている最中に、突然壕が崩れてきた。酒井少尉他一名は軽症ですんだが、熊野飛長は大きな岩の下敷きになり絶命した。人工呼吸を何度も試みたが蘇生させることはできなかった。

そして、八月六日、徳永飛長が「新型爆弾が投下された広島の街の大半が壊滅」という凶報を部隊にもたらした。

八月一五日、分隊長より「重大放送があるので第二種軍装で集結せよとの命令があった。分隊長訓示があり、本日十二時に天皇陛下直々の重大放送がある」と聞かされた。

ここかしこでどよめきが起こった。当時の庶民にとって天皇は雲の上の存在であり、その声を聞くなど思いもよらないことだったからである。

「厳しい戦局だから頑張ってくれ」というような内容を父は予想していたが、違った。

「朕深ク世界ノ大勢ト帝國ノ現状トニ鑑ミ非常ノ措置ヲ以テ時局ヲ収拾セムト欲シ茲ニ忠良ナル爾臣民ニ告ク……」。

誰もが「神州不滅」を信じていた。その日本が敗れた。

「涙、涙で途中から何も聞こえなかった」という。

分隊長が放送の趣旨を改めて説明すると、あちらでもこちらでも泣き崩れる者が続出した。

不思議なめぐりあわせ

八月二二日、航空隊の解散式があり、父は一階級進級して、二等飛行兵曹になった。

多くの隊員が帰郷したが、父は保安隊員として残り、進駐する連合軍に武器弾薬を引き渡すまで保管業務に当たった。「一日も早く故郷に帰り父母に会いたい気持ちはあったが、誰かが残らねばならない。それとあまりにもあっけない終戦で心の整理も必要だった」と父は述懐している。

九月初旬に、祖父母が面会に来た。部隊は宇和島まで帰ってすでに解散して「みな故郷に帰ったのに、なぜ帰って来ないのか」と心配になったとのことだった。翌日、「耳の鼓膜を破ったことがある」という理由で震洋への志願を却下した米澤大尉に呼ばれた。

「君はまだ若い。敗戦日本の再建は君達の双肩に懸かっている。ご両親も心配して居られる事だし、我々歳老いた者が残ればよい。早く帰って安心させてあげなさい」

祖父・松浦善之丞と母の順子

複雑な気持ちを抱えながら父母の元に帰ったのは、九月一〇日。気丈な祖母が涙するのを父は初めて見たという。

祖父に再会した父は、松浦家の不思議な巡りあわせを思った。

祖父の善之丞は寡黙な明治の男だった。

日露戦争の末期、膠着状態に陥った満州に補充兵が送られた。祖父の部隊は、鴨緑江を越え満州に入った。祖父は「サーカスぞ」と父に語っていたロシア軍のコサック騎兵と対峙していた。そして、まさに戦闘が始まろうとしていたとき、伝令兵が「戦闘停止！　戦闘停止！」と叫びながら部隊に駆けつけた。日露間がポーツマス条約に向けて休戦交渉に入ったのである。

運命の歯車が回り、二度までもわが家の断絶を救ったのである。

父は予科練に入隊するときと同様に、また無一物で帰郷した。

復員のときに分配された缶詰や毛布などは、「うちは農家やから食べるものには困らん」と、実家が焼け出されたと憔悴している戦友に全部渡し、一年半前に意気軒昂として歩んだ道を虚しい心を抱いて戻っていった。

予科練で父が得たものは、米機グラマンに銃撃された際の背中の傷くらいだった。銃弾は背中の皮を少しえぐっただけだが、季節の変わり目には痛むと、父は晩年になるまで言っていた。

敗戦の日に父は、予科練への惜別の歌を残した。

「帰り来て今日見る月は清けれど己が心は雲にとざさる」

父が予科練で猛訓練に明け暮れていた頃、母は愛媛師範学校の附属小学校に通っていた。愛媛師範とは現在の愛媛大学の教育学部のことで、当時の附属小学校は松山城のふもとにあったという。道後に住んでいた母は、上一万《かみいちまん》を通って松山城下を西に向けて通学していた。空襲の後などは焼け残りの家財がプスプスと不気味な音を立てていたという。

現在「愛媛県生活文化センター」のある場所には農事試験場があり、白い服を着た研究員たちがグラマンの格好の標的になり多くの犠牲者が出た。

米機による空襲は松山市内にあった農事試験場まで及んだが、道後温泉は無傷のまま残った。「後で温泉に入ろうと思ったのかしら」と、母は米機の精密爆撃に驚いていた。

通学途中に警戒警報のサイレンがなり、学校に駆け込むと空襲警報に変わり「防空壕に入れ」ということになり、戦時中は「ほとんど勉強した記憶がない」と笑っていた。

二　自活しながら大阪外語大学へ

二六歳の大学一年生

混乱した気持ちを抱えながら、兵隊から二〇歳の青年に戻った父は、自分の人生を再考した。勉強好きだった父は、「とりあえず大学に行こう」と考えたが、ここで難問が生じた。学制が変わり、大学受験には中等教育六年の学修が必要になったのだ。

旧制中学は五年制だったので、あと一年足りなかった。そこに一九四八年、故郷の三間に新制高校ができるという話を聞き、その高校の三年生に編入することにした。

とにかく戦後のないない尽くしで、入学した父ら生徒たちは、田圃で魚やうなぎなど採っては売り、真鍮製の徽章を作ったという。

父の実家は、農家といっても庄屋の次くらいの家格だったので、親に頼めば受験費用も学費ももちろん出してくれたが、空襲で多くの戦友の悲惨な死を体験した父は「自分だけ楽をするわけにはいかない」と、今後一切親に頼らないことを決めた。

受験校は大阪外国語大学のインドネシア学科で、英語や仏語などポピュラーではない学科の志望理由を尋ねると、「昔の男には南方雄飛という夢があった」と答えた。フィリピンで戦死した次兄が高千穂降下部隊に属していたことも関係あるらしかった。

もし不合格だったら、翌年京都大学の経済学部を受験することに決めていたという。父は、今後一切親に迷惑をかけないという決意を、日記のユーモラスなカットを使って、英語で「お母さん、僕はもうこの家に足を踏み入れないと決めた」と書いている。

父は「お母さん、僕はもうこの家に足を踏み入れないと決めた」と“決意表明”を日記に書き込んだ

「今後親の世話にならない」と見栄を切ったものの、四国の山村から大阪という都会に出て

来た父は面食らった。

予科練から新制高校の最終学年を経て、釣り糸を作るテグス会社の臨時雇いとして学費を稼いでから大学に入学したので、もう二六歳になっていた。当時の国立大学は学費が安く、国立大の授業料は六〇〇〇円、入学金は四〇〇円程度で、初年度納入金はほとんど一万円以内であったが、これは当時の会社員の初任給よりやや高かった。

何とか入学費用は用意してきたが、下宿先を見つけ生活費を捻出するのが一苦労だった。とにかく、新学期が始まったらすぐに大阪の現住所を大学に知らせなくてはならない。そこで父は無住の神社を見つけ、その高い床の土間に毛布を敷いて寝泊まりして一カ月間雑業に就いて何とか下宿先の手付金を捻出した。

下宿は大阪・旭区の赤川町にあった。そして、その下宿のおばさんに「アルバイト先はないか」と尋ねると、「それなら製材所はどうや？　重い材木を扱うんで、男手が集まらんで困っとるそうや」と言われ、二つ返事で引き受けた。

かなりキツい仕事だったが、高額のアルバイトになった。その時は思いも寄らなかったが、後にこの製材所が父を窮地から救うことになる。

朝鮮戦争と枚方《ひらかた》事件

父は学生時代にあやうく、有名な枚方事件に巻き込まれるところだった。枚方事件とは、一九五二年六月二四日未明に日本共産党員らが大阪の旧陸軍工廠枚方製造所に侵入し破壊行為を行った事件である。当時の日本共産党はまだ、武装闘争を放棄したいわゆる「六全協」の前だった。五五年に行われた「六全協」つまり第六回全国協議会で、日本共産党は、それまでの中国革命に影響を受けた「農村から都市を包囲する」式の武装闘争方針の放棄を決議したが、父の大学時代はそれ以前で、各大学にも、中央からの指令が途切れても活動を保ち、自己増殖し、やがて組織を再生できるという意味合いの「細胞」が存在し、コミュニストの学生が多くいた。

父は、その学生の一人から「いっしょにデモに来んかいな？」と誘われた。父は左翼でも何でもなく、どちらかというと伝統を重んじる人だったが、そのアメリカ嫌いを見込まれた。「そりゃ、どんなデモじゃ？」と尋ねると、「朝鮮戦争の米軍に抗議するデモじゃ」と言われ、とにかくアメリカ嫌いな父は「そりゃ、行っちゃろ、行っちゃろ」と安請け合いした。

しかし、幸か不幸か、その日アルバイト先の製材所から「人手が足りんで困っとる。悪いが明日来てもらえんか？」と電話で言われた。そこの給料がないと学費が払えないので、父は製材所の仕事を優先した。

そして、次の日の新聞を見て、「枚方事件で大量検挙」の報に驚いた。学友たちが収監されている留置所に差し入れに行くと、なぜか一番威勢よく反米を煽っていた学生だけがいなかった。

わけを聞くと「だまされとった、あいつはアジテーター（扇動者）やった」との答え。偽装入党し内部から挑発し暴発させて逮捕という、戦前の特高警察のやり方を戦後の公安も踏襲していたのである。

左翼でも何でもない父から、私は「細胞」「マヌーバー」「アジテーター」などの用語を教えてもらった。「マヌーバー」とは、元々はフランス語に由来する言葉で、術策や謀略を意味する左翼用語である。

製材所の仕事は海軍で身体を鍛えた父にとってもかなりしんどい仕事だったが、それだけに良い収入になって、四年間を通して、学費にも生活費にも困ることはなかった。ただ学友たちもそれを知っており、給料日になると八歳年下の同級生たちが押しかけてきて肉を振る舞わなければならず閉口したという。ずっと栄養不良だった父は「目くぼのおっさん」と慕われていた。

大学の三、四年の記録を、父は細かい字で毎日書き記しているので、その生活ぶりがかなり正確にわかる。

学生時代の娯楽は、日曜日の映画で、「カルメン故郷に帰る」から始まり、「アンナ・カレーニナ」「天井桟敷の人々」「オリヴァー・ツイスト」「蟹工船」まで、名作映画数十本が日記の巻末に残る。

父は特にチャップリン映画に大きな感銘を受けた。チャップリンは、一九五二年九月一六日、新作「ライムライト」のプレミア興行のためロンドンへ向けニューヨークを出港したが、船中でアメリカのフーバー司法長官からの再入国を許可しない旨の通知を受けた。当時のハリウッドに荒れ狂った「赤狩り」である。この措置に憤慨した父は、五三年五月二四日付の日記にこう書いている。

「チャールズ・チャップリンの『ライムライト』を観に行く、なかなかいい映画だった。米国で『ライムライト』の上映が禁止されたが、まったく馬鹿げた事だ、彼の思想故にあのような映画を禁じるなんて。ちょうど日本が戦時中に英語を敵性語として排斥したのによく似ている。監督と脚本演技をすると共に自分の映画を製作した彼はまさに天才的スターである」

虚しさを抱えて

父がアルバイトをしていたのは、かつて大阪にあった木材輸入企業で、東南アジアなどから木材を輸入して、廃墟から立ち直った日本の建築ブームで急成長したという。重いチェーンソーで材木を切り出して運ぶのは、かなりの重労働で、父は毎日疲労困憊していた。しかしこれが月に三〇〇〇円ほどになり、二カ月に一回支給される四二〇〇円の奨学金で何とか生活を賄うことができた。後に父が井関農機に就職する際の初任給が約七〇〇〇円だったので、これは学生にはかなりの大金である。

しかし、復員後の父は気持ちの張りを失い、虚しい心を抱えていた。父は一九五三年五月二日に奈良に遊びに行ったときの驚きをこう記している。

「早朝起床。奈良に行くと、奈良も大変変わったような気がする。R&R Center が出来たお蔭でアメ兵とパンパン嬢に自分の庭園が汚されているように感じた」

「パンパン」とは、当時の売春婦の蔑称で、この「R&R Center」の R&R は米兵のスラングで、田村泰次郎が小説『肉体の門』（風雪社、一九四七年）で描いた米兵相手の特殊慰安施設のことではないかと思われる。

日本政府は、敗戦のわずか一週間後に、一般婦女を守るための「防波堤」としての連合軍兵士専用の慰安所の設営を企画し、政府が音頭を取って、国立の売春施設という前代未聞の恥ずべきプロジェクトを朝鮮戦争の時期まで継続した。

父は予科練時代を回顧し、「俺が軍隊で経験した気持ちは信念でも何でもない狂的心理だ」と記している。

戦前の旧制中学は、旧藩校の流れを汲み、一学年一五〇名しかいないエリート養成機関であり、生徒たちはさすがに英国やアメリカがどんな国か知っており、「鬼畜米英」などという政府のスローガンを額面通り受け取る者は少なかった。中国大陸での戦争がまだ終わらないうちに米国と戦端を開けば、どういう結末になるか容易に想像できたが、当時はそれを公言することはできなかった。予科練への志願理由を、父は「故郷と親を守るため」と言っていたが、また「たとえ負けるにしても、できるだけ良い条件で講和できれば、その捨て石になってもええと思っとった」とも言っていた。

嘘っぱちの大義、毎日上官に殴られ、航空兵なのに乗る戦闘機もなく、ひたすら松根油を掘らされ、空襲に迎撃機もなく、高射砲も米機に届かず、ただなぶり殺しにされる戦友の悲惨な最期を何度も見て、父はすっかり戦争嫌いになっていた。

下宿屋の大家と父は、再軍備や天皇制などについて論争になり、「『ひめゆりの塔』の様な反戦思想が大衆に受けるとは……」と嘆く大家の発言に対し、父は「奴等は何で戦争への道を急ぐのだろう。人が死ぬのが面白いのか」と反論した。

知らなかった父の側面

映画鑑賞を楽しみとしていた父は、また晩年に至るまで無類の読書家だった。しかし、その読書傾向に私は驚いた。

◆チェーホフ『桜の園』
◆フォイエルバッハ『ヘーゲル哲学の批判』

◆河上肇『第二貧乏物語』
◆加藤周一『抵抗の文学』
◆河上肇『マルクス主義経済学の基礎理論』

果ては『世界経済』という経済誌のスターリンの論文まで父は目を通している。父は「ソ連図書を輸入しとったナウカの社長とは親しかった」と言っていた。ナウカは、戦前からある旧ソ連（ロシア）関係の書籍輸入会社で、しばしば官憲の摘発の対象となった。

父は保守的というか、どちらかというと古来の伝統を重んじる人で、父の死後、日記に目を通すまで、父のこうした側面をまったく知らなかった。確かに父は、正義感が強く、窮状にある人々を進んで助ける人だったが、私の知る父は、どう考えても左翼でもマルクス主義者でもなかった。ただ、学生時代の私が、「フランス語版のトロツキー全集が欲しい」と言ったとき、父が「ナウカに知り合いがおるから当たってみる。少し割引きになるかもしれん」と言っていたことを思い出した。

復員し大学に進学した父は、戦争時代を「狂的心理」と批判しているが、予科練生として毎日死を見つめていた緊張から解き放たれたものの、いまだ生きがいを見出せず、厭世観に押しつぶされ、時に死の誘惑に駆られた。映画を見ているときだけが、何か生の高揚感を感じたという。

父は英国映画「赤い靴」という映画に登場するロイヤル・バレエ団のモイラ・シアラーの踊りに魅了されていた。アンデルセンの童話『赤い靴』を原作としたバレエの主役に抜擢された主人公が、恋愛とバレエの間で苦悩した末に悲劇的最期を迎えるというものだが、その鮮やかな映像美は、ハリウッド映画に大きな影響を与えた。

また、ジェラール・フィリップが主演の「七つの大罪」という作品に関しても、「コメディーあり、ペーソスあり、ユーモアありで、嫌な後味が残らない」と絶賛している。キリスト教の「七つの大罪」、つまり虚栄、嫉妬、倦怠、怒り、強欲、貪欲、淫蕩などをモチーフにして現代風俗の頽廃を軽妙なタッチで描いた傑作で、ジェラール・フィリップが、各挿話の狂言回しの役割を果たしている。

父は年がら年中戦争ばかりしている米国は嫌いだったが、「鬼畜米英」などという偏見はなく、「第二次大戦中に英語を敵性語として禁じた」ことを愚策だと断じていた。

リアリストにして夢想家

父は万が一を考え、下宿屋に見られたくない内容を書くときは英独仏語など横文字で書く癖があり、甥の淳爾に会った帰りに「清らかそのもの、可憐そのもの」のような「絵から抜け出してきたような美少女を見た」と英語で書いている。おそらくそれは、腹が裂け、眼球が飛び出し、「人間の姿をしておらんじゃった」と語る戦友の悲惨な最期を招来した醜い戦争の反対物だったのだろう。

山村でのびのび育った父は、どうも大都会の大阪は愛着のあまり持てない町で、いまは新制の宇和島東高校となった旧制宇和島中学の生徒たちが修学旅行でやって来ると、喜んで大阪を案内し、「故郷の香が身にしみ込んで来る様でとても楽しかった」と記している。

しかし、日常のささやかな楽しみが過ぎると、また厭世観と、えも言われぬ悲しみに包まれ、「俺には感激性がない。左翼学生たちの眼に見える感激性、夢中になって踊っているバレリーナのあの眼が欲しい」と鬱々とした気分が語られ、「巷に雨の降る如く、われの心に涙降る。かくも心ににじみ入るこの悲しみは何やらん」と、フランスの詩人ヴェルレーヌの詩が学生時代の日記に引用されている。

父の学生時代は、ちょうど朝鮮戦争のまっただ中であり、父は日本が再軍備をし、後方基地となっていまにも戦争に参戦しようとしていることを繰り返し非難している。朝鮮とドイツの民族分裂に言及し、「戦争そのものはいかなる理由でも地上最大の罪悪だ」とさえ論難している。

自分の心に「感激性がない」と父は語っているが、人間は自分の周囲で残酷で悲惨なことを繰り返し見聞きすると、感動や感激が失せ、感情が平板化するようだ。「戦争が終わってからこの方、一体俺は心の底から笑った事があるだろうか」と父は語る。

そして、「政府に正義などない。自由党の奴等をみてみろ。自己の利益のみ追求して、国民の事なんか全然考えていない」と、警察予備隊がまた戦争をする準備だと何度も批判する。自由党とは、現在の自由民主党の前身で、自民党は、一九五五年に日本社会党の台頭を危惧した日本民主党と自由党が合同して結成された。

一九五三年の七月は、特に九州から紀伊半島にかけて集中豪雨に見舞われ、大規模な洪水災害があったようだ。「軍備費を治山治水やその他文化施設につかったなら、今度のような九州の如き水害もある程度防ぎ得ただろうし、国民の生活ももっともっと楽に愉しくなるだろうに」と、政府の無策振りを糾弾している。それだけに、同年七月二七日の朝鮮戦争の休戦はうれしかったようで、「アジア民族としても、これほど喜ばしいことはない」と字が躍っている。

三　就職と結婚

――戦後一〇年ようやくつかんだ「心の平安」

就職を控えた四年生の秋になっても、『フィヒテ』からボーヴォワールの『第二の性』まで、父の不思議な読書遍歴は続く。

そして、戦時中軍部に抵抗したリベラリストの河合栄治郎の評伝には感銘を受けたらしく、「如何なる弾圧にも権威にも屈しなかっ」た河合の「思想の根本となったものが、高校、大学時代に完成しつつあったこと」に驚く。

河合栄治郎は、ドイツ観念論の影響を強く受けたトーマス・ヒル・グリーンの理想主義を紹介した東大経済学の重鎮で、英国の功利主義的な経済学を批判したが、日本の軍国主義の高まりの中で、一九三八年に『ファッシズム批判』などを出版したことが内務省で問題視され、「安寧秩序を紊乱するもの」として、出版法違反に問われ起訴されて辞職を余儀なくされた。

主任教授で『新馬来語入門』（駸々堂書店、一九四二年）の著者である内藤春三教授に父が就職の相談に行くと、「君は年齢が人よりずっと上だからハンディキャップがつく。君の為には気の毒だが」とつれない返事。

戦時中は「救国の英雄」だった予科練の特攻隊員は、戦後は厄介者扱いで、ある者は、自暴自棄になってヒロポン中毒になったり、天皇制を憎み共産党員になった者もいた。戦時中に軍需工場で長時間働かせるために濫用された覚醒剤の「ヒロポン」は、恐るべきことに戦後しばらく街中の薬屋で市販されていたのである。

父はそのどれにも当てはまらないが、予科練の入隊時期と学制改革など戦後の混乱で、通常の学生より八歳も年上であり、「元特攻隊員は粗暴な荒くれ者」という偏見で、就職は困難を極めた。そこで、同郷のつてを頼って井関農機に成績証明書を持って行き、なんとか就職できることになった。井関農機は、今でこそクボタやヤンマーと並ぶ日本の三大農機具メーカーだが、当時はまだ愛媛の地方企業だった。しかし、近く東京に支社を出し、大阪と東京の証券取引所に上場するということで、かなりの人員が必要となり、「多分将来東京に行ってもらうことになる」ということで、父は快諾した。

年末までに就職が決まった父は、「インドネシアにおけるイスラム教の伝播」というタイトルで卒業論文を内藤教授に提出して受理され、めでたく卒業の運びとなった。

大学の卒業証書を手にした父

本社のある松山から実家に「正式採用」と通知が届き、義姉の定子から連絡を受けた父は、「東京に行きたい」との希望も了解との吉報に、東京で「田舎者と笑われない様に勉強しておく事だ」と日記に記している。「上京」に気負う父の様子が面白い。

一九五四年、父は四年間の大阪での大学生活を終え、井関農機本社に就職のために船便で瀬戸内海を松山に向かう。特に優しくしてもらった下宿屋のおばさんとは名残惜しく、「親切で愛敬者、神の位を授けてもよい様な人だ」と絶賛。父は末子で、親が年老いてから生まれた子どもなので、お年寄りにとても優しかった。

三月、入社の前に会社に挨拶に行くと、とりあえず、父は研究部というところに配属され、トラクターなど農機具に関する英語文献を翻訳したり、カメラマンや通訳もするという雑業に就いた。さっそく「瑞光式籾摺機」のパンフレットの英訳を頼まれ、旧式なタイプライターの調整に冷や汗。

入社式が終わると、今度は「クリフォード耕運機」の説明書を翻訳し、研究部で分解して構造を分析。カルティベーターの分解組み立て、図面管理系統図の作成、ミリングユニットの据付等々慣れない工業用語と格闘の日々が続く。井関農機は、この頃東南アジアへの農機具の販路拡大を構想していた。

社会人になった父は、なにやら髪型まで当世風になっている。

農地改革で傾いた母の家運

ちょうど父と相前後して、地元の高校を卒業した母の順子も井関農機に入社してきて、研究部に配属された。研究部は男ばかりだが、会計など庶務にはすでに年配の女性がおり、母の仕事は、お客さんにお茶をだしたり、お花を替えたりする雑務が仕事だった。

母方の祖母の佐伯浜恵は、愛媛県の西条の大きな地主の娘として生まれた。そして、西条高等女学校を卒業すると、高岡高商を出て八幡製鉄に就職が決まっていた祖父の佐伯幸次郎と結婚した。佐伯家も裕福な家柄で、今は墓じまいをしたが、佐伯家の墓は正岡子規の旧居を移築した松山の正宗寺で一番大きな墓だった。観光名所の子規堂があるこの古刹には、松山の名士たちの墓が多く、井関農機の創業者の井関邦三郎氏の墓もここにある。

井関農機の宣伝用スチール写真のモデルを務めた母

そして母は、地方の良家の子女の定番コースである師範学校（現在の愛媛大学教育学部）の附属小学校に通った。すべてが順風満帆で、母は何不自由ない少女時代を謳歌していた。

しかし、小学生であった母に突然の訃報が舞い込んだ。東京にいた祖父の幸次郎が、結核でわずか三六歳で亡くなったのである。当初は、祖父母の実家から支援もあったが、祖父が亡くなるとそれも途絶えがちになり、あれよあれよという間に母の家運が傾き、祖母が結婚の際に持ってきた和服や反物を売ってその場をしのいだが、とうとうそれも尽き、母が高校時代になると学費も払えなくなった。農地改革で、両家の実家が不在地主としてその田畑が没収されたからである。

母が「学校に行きたくない」と言い出し、祖母が理由を尋ねると、「学費未納者の名前が壁に張り出されるから恥ずかしい」ということだった。学費の問題は、伯母の禎子が西条の税務署で働くことで解消したが、親子三人の家計を支えるために、とにかく「就職しなければ」ということで、父とほぼ同時期に井関農機に入社した。

そして研究部に配属され「ミス井関農機」に選ばれた母は、庶務の他に、松山に開店した三越に和服を着てお祝いの花束を届けたり、耕運機などの宣伝用のスチール写真のモデルをしたりした。

米国映画に傾倒

会社員になった父は、たまの休みには趣味の映画に出かけ、松山に在日米軍がつくった「ＡＣＣ」（アメリカン文化会館）の英会話教室に参加。予科練時代も「日本を侵略する敵だから戦う」というだけで、父は多くの旧制中学や高校の出身者と同様、「鬼畜米英」など政府スローガンを額面通り受け取るほど愚かではなかった。

五月一日のメーデーに参加した後、映画「ローマの休日」「リリー」などを観る。「グレゴリー・ペックとヘップバーンは、流石アカデミー賞を受賞しただけあって名演技。一度に好きになってしまった」と感想があり、昭和文学全集を買う。

六月には、松山の藤原町の社員寮が完成したというのでそちらに入り、映画に関しては米国製映画の「慕情」に感銘を受けたという。

入社してしばらくすると、上司の自宅での飲み会に誘われたりした。不思議なことに、その飲み会には部課長や専務など上司のお嬢さんたちがいて、父はそうした「飲み会」と称するものの本来の意図を「源氏鶏太の小説のようなもの」と見破った。「源氏鶏太の小説」とは、私が小学生の頃まで続いた社長シリーズのことで、映画では社長役の森繁久弥を始め部課長まで、やたらと部下の結婚話の世話を焼く。新入社員を見つけると「どうだい君も、そろそろ身を固めてみては……庶務課の○○君なんか気立てもいいし、料理もうまいそうでいいと思うが、何なら来週にでも席を用意しようか？」という具合だ。

戦後一〇年経って、いささか単調だが平和な時代が戻ってきた。

松山の予科練航空隊から復員した父は、戦後世界を「女と子どもと年寄りばかりの不思議な世界」と称していた。戦争で残虐な場面に繰り返し遭遇すると、極端な場合、戦争神経症になり廃人として余生を過ごす人もいる。父の場合は、それほど極端ではなかったが、「感激性がない」と、何をしても何を見ても心浮き立たない虚しさを抱えていた。

しかし父は、戦後の「女と子どもと年寄りばかりの不思議な世界」に触れ、徐々に心が癒され、仕事に打ち込むようになってきた。いま思い出しても、特攻隊帰りには珍しく、父には粗暴なところがまったくなかった。特に女性と子どもと年寄りに優しい人だった。

「一膳の飯を半分でもええから……」──父と母の結婚

ちょうどその頃、母が研究部に入ってきたつてで、祖母の佐伯浜恵が社員食堂の賄い婦に採用された。

裕福な地主の家に生まれた祖母だったが、八幡製鉄に勤務していた夫が三六歳で亡くなり、戦後のＧＨＱの農地改革で実家は土地を失って仕送りも絶え、着物を売るタケノコ生活も限界で、この社員食堂の話は「渡りに舟」だった。祖母は西条高等女学校出身で昔の女学校は「料理裁縫学校」だったので、祖母は店に出せるくらいの料理を家庭で作っていた。また、自分の娘が働くのと同じ職場で働くのも、何かと安心だった。

末子でお年寄りを大切にする父は、「佐伯のおばさん」、つまり私の祖母にたちまち気に入られた。「雀共が余の事をやけると言ってゐる。佐伯のおばさんと仲が良いとの事。二十才も年上の女性なのにおかしくって。娘とならば話はわかるが」と父の日記。

それから祖母は、娘たちを休日などに連れてくるようになり、父と母の順子、伯母の禎子と祖母の四人は時々散歩したり、小旅行をしたりするほど仲良しになる。戦前の軍国日本が終わり、優しい父は女性たちに好かれていた。しかし、祖母が社員食堂で働き始めて間もなく、「佐伯のおばさんが静養の為に帰る」との知らせ。何の落ち度もないのに、理由も告げられず一方的な解雇に、父は憤慨していた。「あんな良いおばさんを追放同然に追い出すなんて。一方的な態度に出る卑怯な〇〇課長。神も仏もないものか」。

（左から）祖母・浜恵、母・順子、伯母・禎子

その頃、三間にいる祖母が「病臥に伏す」との連絡が入った。親孝行の父は、早速列車の手配をしたが、家族ぐるみで付き合っていた「佐伯のおばさん」たちも連れて行こうと思い申し出ると快諾。「まるで夢のようだ」と喜ぶ父。

祖母の無事を確認すると、「喜びに包まれた父母と別れて一路松山へ」と戻って行った。もちろん、家族同士を会わせるということが何を意味するか、宇和島の祖父母にわからないわけはなかったが、まだ結婚の話は切り出せなかった。

伯母の禎子は、井関農機に勤める深谷と結婚し、東京の葛飾区にある金町の「課長住宅」が空くので東京支社に出るという。

そこで困ったのが「佐伯のおばさん」こと祖母の処遇である。失職し収入が途絶えた祖母は、東京の伯父夫婦が引き取るか、母のいる松山に残るか選択する必要があった。

すると、父はこう「佐伯のおばさん」に申し出た。

「うちに来なさいや。わしは一膳の飯を半分でもええから」と。

その言葉を聞いた母は、「この人なら、自分だけでなく母も大切にしてくれる」と思い、結婚を決めた。母はこの「半膳の飯」という父が発した言葉を、宝物のように何度も何度も私に繰り返した。

祖母の浜恵が父と母の結婚の意思を確認した。そして結婚式の段取りなどを話し合うために、宇和島から祖父と父の姉たちが松山にやって来た。これからいろいろと物いりなので、父は退社後に英語の家庭教師をしていたようだ。末子の父は無類の孝行息子であり、控えめで慎ましい性格の母も宇和島の祖父母に歓迎された。

父の一九五四年一〇月一日の日記には、「これで俺もやっと心の平静を得る事ができた」とあり、復員後の荒んだ心が癒され、いらだちや不機嫌や鬱屈した感情が押し寄せてくる不吉な波に凪が訪れた。

米機の空爆による戦友たちの悲惨な最期を何度も見て、遺体の片付けをした父の心は戦後一〇年もの間落ち着かず、結婚を前に「心の病を治療し憂鬱のない人間にならなければならない」と述べる。腹が裂け眼球が飛び出しドロドロの肉塊に変じた戦友の姿を私に語る父は、「人間の姿をしておらんじゃった……あの姿で仏になれるもんじゃろうか」と途中で言葉に詰まった。

戦争は、生き伸びた者の精神まで破壊し、そこから立ち直るには長い歳月がかかった。悪夢のような記憶と、生き伸びたやましさに苛まれ、父は一〇年にもわたって苦しみ続けた。

生き伸びた者のやましさ

「お父さん」と「先生」は、年齢も役割も近いものがある。

高校三年のある日、父より少し年上の化学の先生の授業で、戦後まで生き伸びた兵隊のやましさという感情を知った。

話の端緒は正確に覚えていないが、化学の先生が「私は戦時中は中支に派遣されていた」と突然切り出し、われわれは驚いた。「中支」とは、揚子江と黄河に挟まれた中国の中部地域のことである。「内地で訓練を受け、船で中国に行った。『蔣介石の軍隊と戦う』と言われても、中国人などほとんど会ったこともないんで憎みようがない。しかし、不思議なもんで、戦っているうちに憎しみがわいてくる。毎日毎日、戦闘で誰か死ぬ……前の兵隊が撃たれ、横の兵隊も倒れる。『こんちくしょう』と思ったが、私には当たらなかった」。

そういうと、先生は突然泣き崩れた。「どうしてあの時、私は死ななかったのか……いっしょに死ぬべきだった。それなのに戦後まで生き伸びて、結婚して子どもまでいて……自分だけこんな幸せで、申し訳ない、申し訳ない……」。

「空襲でたくさん戦友が死んだ。自分だけ親がかりで楽をするわけにはいかん」と、親からの援助を拒否して大阪の大学に行き自活を始めた父の言葉を、私は思い出していた。

一九五五年に結婚した父母は、一〇月六日に宇和島の父の実家に挨拶をするため松山から予讃線に乗った。敗戦からまだ一〇年、ないもの尽くしの日本の汽車は乗り心地など考えられておらず、堅い椅子で二時間もゆられた母は流産してしまった。私は戸籍上は長男だが、この年に兄が生まれていたら次男のはずだった。

一〇月三〇日の日記には「順子と映画『神風特別攻撃隊』を見に行く」など、相変わらず父の「空気読めない」感は変わらない。母の方は「お茶のケイコ」などと何やら優雅な日々。そういえば、母は『知音』という茶道の雑誌を愛読し、師範の資格を持っていた。

藤原町の社員寮は狭いので、結婚を機にその少し南にある小栗町の社宅に、父母と祖母が転居した。この後は転居など多忙で、一一月の途中から一二月まで日記が途絶えている。

四　反時代的な父の教育方針

「正しい人間になれ」


一九五六年、当時井関農機の製作所があった小栗町の社宅で私は生まれた。

父によると、「社宅とは名ばかりの『雀のお宿』みたいなところじゃった」で、まず崩れた壁を補修して何とか住めるようになった。

私が生まれた日から、父はまた東京積善社の日記で育児記録をつけるようになった。

生後三三日目、母と祖母は私を小栗町の雄郡《ゆうぐん》神社に連れて行った。

ところが、「普通は物音に非常に敏感な坊やが、神主の叩く太鼓の音にも、耳元で鳴らす鈴の音にも全然目を醒さず平気で寝てゐ」たと聞いて、父は「泣き声を神に聞いて貰う式らしいが、

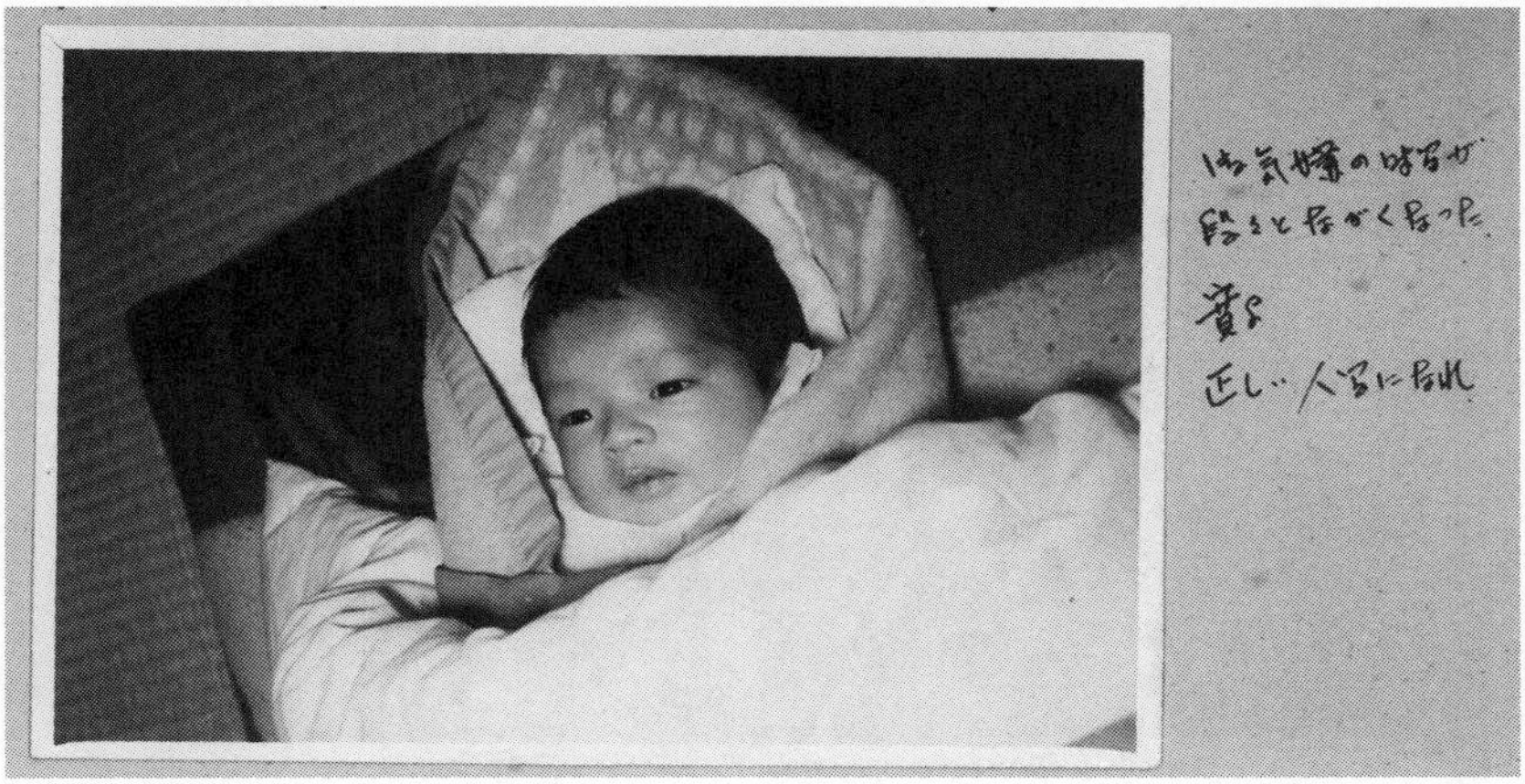

生後 33 日目の著者。「寛よ、正しい人間になれ」と父は記している

坊やは無神論者かな？」と、父が日記に記している。

確かに分別がつく年頃になっても、神社は単なる遊び場で、落ち着いた色調の寺院もエキゾチックな教会も好きだったが、木や石がご神体で、毒々しい色彩の置物があちこちにある神社は好きになれなかった。

幼児の私は、ロバのパン屋さんが売りに来る「労研まんじゅう」が大好きで、移動車の音楽がなると大喜びしたという。

父の育児日記には、「正しい人間になれ」という同じ言葉が繰り返されている。

『子供よ偉くなれ』と祈る心は何処の親でも同じ事。勿論偉くなれ。だが、心の偉い、人から尊敬される人間になれ。伸びよ、眞直ぐに。心の正しい、世の爲になる人になれ」

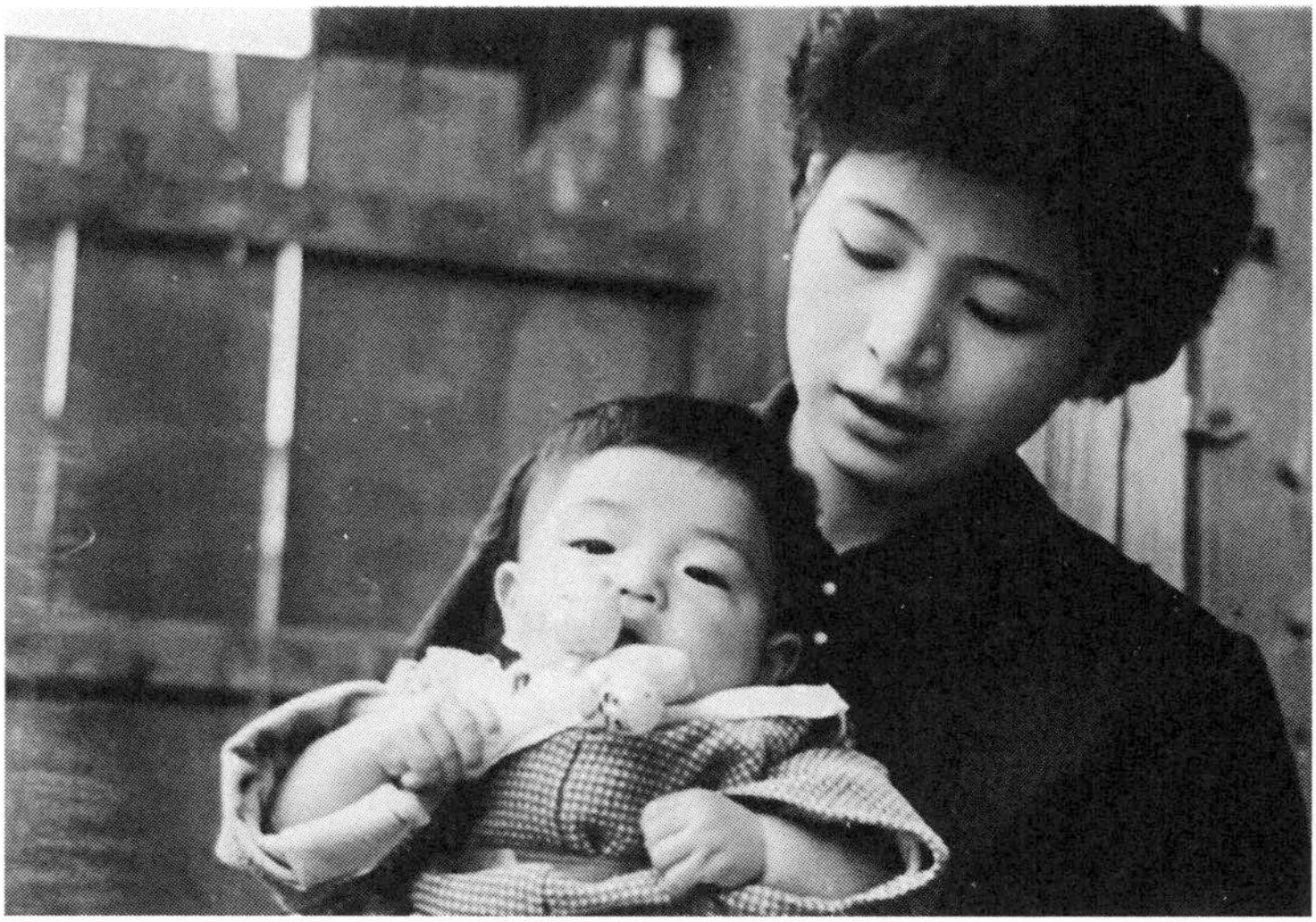

母に抱かれた生後 120 日目の著者

「坊やがこの日記を読んで、こんな時代もあったのかと言ふのは何時の日だろう」と日記の最初に書く父だが、私が父の三冊の日記に気づいて実際に読んだのは父の亡くなった後だった。

「父ちゃん、坊やがね、声を出して笑ひましたよ」

会社から帰ると母ちゃんがこんな事を言ふ。

「本当かね？」

「本当よ」

私が生まれてから、父は昼食時も生まれたばかりの赤児の私を見に戻ってきた。退社後は一目散に帰ると、私を自転車に乗せ、伊予鉄の松山市駅まで行き、列車を見せるのを日課にしていた。赤児の私も、父が帰るのが物音でわかるようで、手足をバタバタさせて喜び、母と祖母を押しのけて父の元にハイハイして行ったという。そして松山市駅で出発の合図の警笛が鳴ると、幼い私は歓声を上げたという。

やっと敗戦直後の廃墟から立ち直った日本で、若い夫婦がささやかな幸せを見つけた。父の日記には、とても高度成長期のサラリーマンとは思えない、私への「期待」が続く。

坊や、父ちゃんは坊やに期待をかけてゐる。しっかり勉強してくれ。そして心の眞直ぐな人間になることだ。幾ら学問しても、心の出来てない人間は駄目だ。世の爲、人の爲になる人間になって貰ひ度い。地位、名誉が目的の人間は駄目だ。地位、名誉は、その人間の実力、正しい心に与へら（れ）るのだ。

日本が経済成長期に入るとば口で、父は私にまったく反時代的な「期待」をかけていた。しっかり学問をすべし――ただそれは地位や名誉を得るためではなく、世のために役立つ人間になるためだ。「正しい心」こそもっとも大切なことで、父は「大学に行くのは、大学に行けなかった人たちに尽くすために行くのだ」とよく言っていた。

父の日記には、昭和の高度成長期の多くの親が子どもが「社長さんになる」など立身出世を願う中で、まったくそれとは異なる道徳的訓戒が書かれている。

人間は出来上がったものには案外無関心でゐる。汽車でも電車でも走るのがあたり前だと思ってゐる。しかしその蔭には毎日汗と油にまみれて働いてゐる人がある。その人達のお蔭で汽車も電車も毎日安全に走るのだ。此の世の中は皆の力で動いてゐる。会社の社長や大臣だけでは世の中は治まらない。事務員も労働者も必要だ。此の事をよく銘記して、人の爲、世の爲になる人間になって貰ひ度い。

世の中の貧しい人を蔑視し、地位や財産が目当ての立身出世主義者を、父は「卑しい俗物」と呼び軽蔑していた。

一九五七年の「成人式の日」、父は私に自分の青年時代をこう語っている。

父ちゃんが二十才の頃大戦争（太平洋戦争）があって、父ちゃんも兵隊に行った。とうとう日本は敗れた。その時代の青年は哀れなものだった。いや国民全部がだ。世界の人々が全部不幸だったと言ってもよいかもしれない。戦争は結局、如何なる理由をつけても「悪」だ。一人の幸福の爲に、一国の利益の爲に、他人を痛め、他の国を侵す事は悪いことだ。

こういう父は、最後に私にこう訓戒する。

「自分の利益の爲に他人を不幸にする様な事は決してしてはならないよ、寛、解ったね」と。

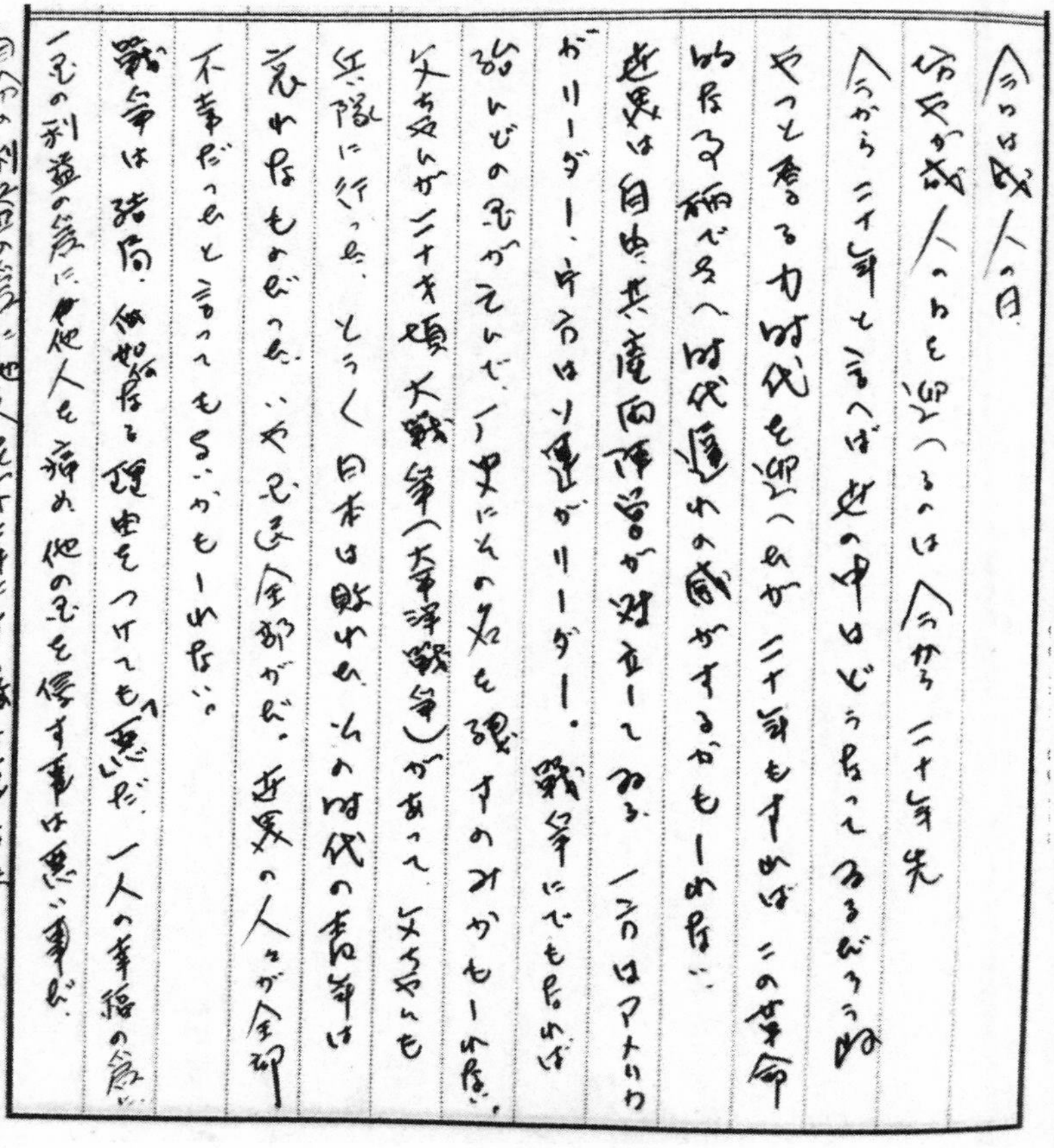

今日は成人の日。
吾子が成人の日を迎へるのは今から二十年先
今から二十年と言へば世の中はどうなってゐるだらうか
やっと来る力時代を迎へたか二十年もすれば この革命
的な時代へ時代遅れの感がするかもしれない
世界は自由共産両陣営が対立している 一方はアメリカ
がリーダー、片方はソ連がリーダー。戦争にでもなれば
船んびの心がそんで、史上にその名を残すのみかもしれない。
父ちゃんが二十才頃大戦争（太平洋戦争）があって父ちゃんも
兵隊に行った。とうとう日本は敗れた 今の時代の青年は
哀れなものだった。いや心は全部がだ。世界の人々が全部
不幸だったと言ってもよいかもしれない。
戦争は結局 如何なる理由をつけても悪だ。一人の幸福の為に
一国の利益の為に他人を締め他の国を侵す事は悪い事だ。
自分の利益の為に他人を不幸にする様な事は決してしては
ならない。實 解ったね。

父の日記。1957年1月15日「成人式の日」の項

井関農機に勤めていた父は農協の海外旅行に
接待・通訳係として同行していた

上の写真の真ん中の細身のカメラマンが働き盛りだった頃の父だ。

一九六二年二月、当時井関農機の宣伝部に属していた父は、お客さんの農協の人々の接待旅行に出かけた。外国語に堪能だった父は通訳も兼ねていた。飛行機はエール・フランスで、当時はサイゴンと呼ばれた現在のホーチミン市にまず飛び、東南アジア各国をめぐった。

当時はまだ外貨の持ち出し制限があり、海外渡航には「海外農業視察」などの目的を通産省に届ける必要があった。もちろん、農家の人々にとって初めての海外旅行で、パスポートの取得から各種書類の記入まで父が全部やった。

ふんぞり返った通産省の役人が、バカにしきった様子で書類を見て、「お百姓さんがね、海外視察ですか？　英語とかお出来になるんですか？」と難癖を付けてきた。カチンときた父は、通産省に勤務していた旧制宇和島中学の先輩に「なんとかしてくれんかのう？」と依頼し、「書き直してきました」と前回と同じ書類を提出した。するとたんに役人の態度が豹変し、「上司にお知り合いがいらっしゃったのですね、お人が悪い。もちろん、これで結構でございます」と平身低頭し、呆気なく書類審査を通過した。

予科練の特攻隊に志願して以来、何度も修羅場をくぐり抜けてきた父にとって、霞が関のひ弱な役人など少しも怖くなかった。

伯母の深谷禎子（右）と仲田多津子
「みこころ幼稚園」元園長

息子の洗礼の日に起こった不思議

先述したように、二〇二二年の二月、私は九〇歳で亡くなった伯母の葬儀等の事後手続きのために松山に向かっていた。伯母が亡くなったのは前年だが、私は心不全で緊急入院し、すぐに松山に行くことができなかったのである。子どもがいない伯母にとって母と私と妹が数少ない親族で、本来母が行くべきだが、母も高齢で病気がちなので、私が代参したというわけだ。

上の写真の右が私の伯母の深谷禎子、左がカトリック麻布教会附属の「みこころ幼稚園」の仲田多津子元園長。二人は戦前の愛媛師範の附属小学校時代の親友だった。聖心女子大学の卒業式の後に撮影されたもので、仲田先生は美智子上皇妃の二年先輩に当たる。残念ながら、二人とも二〇二一年に亡くなった。

二人が小学校の同級生であることがわかったのは、いまから十数年前の麻布教会で起こった不思議な出来事による。そのとき、私は息子の洗礼を、当時麻布教会の協力司祭であったオリヴィエ・シェガレ神父様（本書一三六頁参照）に依頼していた。

洗礼が終わった後、仲田園長との立ち話で、ちょっとした、しかし今思い出しても不思議なやりとりがあった。

「元々東京の方ですか？」

「いえ、私は愛媛県の松山で生まれ、三歳で上京しました。母と伯母は松山育ちで、戦前の愛媛師範の附属に通っていました」

「ええっ、そうなの？　私も附属だったのよ」

「母や伯母は、多分仲田先生と同世代ではないかと思います」

「お母様の旧姓は何ですか？」

「母と伯母の旧姓は佐伯です」

「本当にびっくり、そうするとあなたは順子ちゃんの息子さんね？」

「母をご存じですか？」

「ええ、もちろんよ。だって順子ちゃんのお姉さんの禎子さんは私の同級生だったから」

「それにしても、あの順子ちゃんのお孫さんの洗礼に立ち会うなんて、何という偶然、何という神さまのお恵みかしら」

最初の「元々東京の方ですか？」という問いは、初対面の者同士ではあり得ない問いで、私はなまりや方言がまったくないので、いよいよ不思議だった。

後に「みこころ幼稚園」を経営する三田の枝光会に行き、「生前は色々と親族がお世話になりました」と新園長と事務局の小野桃子氏にお礼を述べると、「本当に不思議なこともあるものですね」と答えられた。

天皇への言及の不在と父の奇妙な仕草

三島由紀夫と一年違いで生まれた父は、この作家をことのほか嫌い、自衛隊市ヶ谷駐屯地での自決事件に、父は「カッコつけやがって、本当の戦争も知らんくせに……」と吐き捨てた。父にとって三島は、徴兵逃れの「臆病者」であり、安全な所にいて大言壮語する「卑怯者」にしか過ぎなかった。

そして、戦前は東條内閣の商工大臣で若者たちを死地に追いやった岸信介を「汚い裏切り者、アメリカの手先」と、父は蛇蝎のように嫌った。

一つ不思議なことは、戦後の父の日記における天皇や皇族に関する完璧な不在である。何度読み直しても、ただの一行の記述もない。

そして小学生の頃、私は団欒の場での父の奇妙な仕草に気づいた。

家族でテレビをいっしょに見ていても、昭和天皇や皇族が映ると、黙って立ち上がりチャンネルを変えるのだ。母によれば、この奇妙な仕草は、私がいない場所でも「いつもそうだった」とのことだ。父の気持ちを推し量るすべはないが、昭和天皇とマッカーサーがいっしょに映っている写真について「見たくなかった」と言っていたことを思い出す。

そして、一九七五年、訪米後の帰国記者会見で、戦争責任について問われた昭和天皇は、こう答えた。

「そういう言葉のアヤについては、私はそういう文学方面はあまり研究もしていないのでよくわかりませんから、そういう問題についてはお答えできかねます」

このひどい発言に、私は言葉を失った。

父は、いつものようにチャンネルを変え、そして深いため息をついていた。

父が考えていた「教養」「文化」

父の日記に「汽車でも電車でも」とあるように、私が生まれた昭和の中頃は、まず東海道本線から電化が始まり、それが徐々に地方に広がる変わり目の時期だった。

一九五九年、東京支社の勤務を命じられ、私たち一家は、新たに生まれた妹を伴って、電化される直前の特急「つばめ」の寝台車で東京に向かった。

「当分松山には帰らないだろう」ということで、一家は、「ふなや」と並ぶ松山随一の旅館「大和屋」に一泊した。初めて見る大きな温泉風呂に興奮した私はタイル床を走り回って転倒し、大泣きしたという。

まだおぼろげな記憶から、三歳の時に上京し、まず最初に住んだ東京の葛飾区金町の「課長住宅」のことを思い出す。

この「課長住宅」もまた名ばかりで、実際は当時乱造された「文化住宅」と呼ばれる出来合いの小さな戸建てだった。同じ作りの戸建てがずっと続くものだから、子どもの私が自宅を間違わないように門扉に帽子をくくりつけてくれた。

しばらくすると、大田区の調布嶺町（現在の東嶺町）に社宅が完成したから「転居せよ」と辞令が下り、また引っ越すことになった。ちょうど、東海道本線と東急池上線が立体交差する御嶽山駅にほど近いところで、近くには日本冷蔵の社員寮と都立雪谷高校があった。

四歳になった私は、フランチェスコ会が経営する久が原の「天使幼稚園」に通うことになった。

それと同時に父は、二紀会に所属する東京藝大の学生に絵画を習わせ、洗足池にあった山田先生の英会話教室に通わせた。

小学校に上がっても、私の学校の成績や試験の点数などまったく気にしなかった父は、しかし妹と私を当時の日本で考えられる限り最高の文化的環境に置こうと腐心していた。父は、学校の成績と教養や文化をまったく別物と考えていた。

洗足池の英会話教室は、当時日本に一つしかなかった子どもに特化されたもので、山田先生は、戦前の津田塾を卒業して米国に留学したハイカラおばあちゃんだった。プロテスタントの信者で、年末には学習発表会を兼ねたクリスマス会を催した。

幼稚園と英会話教室のクリスマス会で、私は生まれて初めてキリスト教に接した。

フランチェスコ会の天使幼稚園には、附属の孤児院があり、カナダ人の司祭であるガブリエル神父様が創立したものだった。いまは名門小学校の「お受験」のための幼稚園だそうだが、私が通った当時はプレハブ作りの慎ましい幼稚園だった。当時はまだ「第二バチカン公会議」の最中なので、お祈りを文語文で覚えるのが大変だった。「第二バチカン公会議」とは、一九六二年から六五年にかけて開催されたカトリック教会の大改革で、それまでのヨーロッパ中心主義を改め、世界五大陸から投票権を持つ参加者を招集し、教会の現代化に関するさまざまなテーマが話し合われ、教会刷新の原動力となった。

シスター方は、神様や守護天使の話をしてくださったが、級友たちは「神様って、きっとガブリエル神父様のような人に違いない」と話し合った。ガブリエル神父様は、日本語がそれほど達者ではなく、会うと「かわいいね」と頭をなでて下さり、私は神父様はどうして不機嫌な日がないのか不思議だった。

恩師の北村哲朗先生との出会い

小学校五年生のときに、現在の茨城県取手市に引っ越した。当時は、北相馬郡取手町と呼ばれた農村地帯で、わが家ははじめて、社宅ではない戸建ての家を手に入れた。小さな庭も付いていた。一八七三（明治六）年に里仁小学校として開学した取手小学校は、自宅のあった台宿から見ると高台にあった。当時はまだ田畑が多く、取手駅から少し離れると「田の面かようそよ風も……」という校歌さながらの田園風景が広がっていた。

六年生の担任だった北村先生は、現在は、平安時代にさかのぼる守谷市の古刹である長龍寺の東堂をされている。東堂とは引退した住職のことである。

北村先生は、他の先生とはかなり趣きが違った。私は小五からずっと学級委員を続ける優等生だったが、北村先生から一度も成績を褒められたことがない。生徒の中には、さまざまな家庭事情や悩みを抱えた子どもがいる。だから、恵まれた環境にある子どもが勉強ができるのは当たり前だということだった。

「テストをやったができなかった。『はい、ダメ』なんていうのは半人前だ……出欠を確認するために名前を点呼するだろう。その返事の調子から、子どもの今の状態を考える。そこから教師の役割が始まるんだよ」と、北村先生は語った。北村先生は、クラスがざわつくと、「心ここに在らざれば、視れども見えず、聴けども聞こえず……」と『大学』の礼記を引用され、一分間の黙想を命じた。私は北村先生から、偏りなく人を見て、いつも公平、公正であることがいかに美しいかを教わった。

スカルノ大統領を尊敬していた父

昭和四〇年代になり、父はいよいよ海外出張が多くなり、忙しく立ち働いていた。イスラム事情に通じ、マレー語やアラビア語を学び、戦時中特攻隊員であったという経歴は、ヨーロッパ植民地からの独立に沸き立つ東南アジアで非常に有利に働き、新たな販路を拡大したり、各国の経済担当の要人とのコンタクトを取ることができた。

特にインドネシアでは、「この日本人はコーランを知っとる。戦時中は英米と戦おうと志願したそうだ。偉い奴だ」と歓迎され、見知らぬ人から歓待されたという。

スハルト大統領が来日したとき、父はインドネシア語の通訳として、日本の農業事情を説明した。しかし、それは単なる「仕事」であり、反共クーデターでかつてのＰＥＴＡ（大戦末期に旧日本軍が養成したジャワの郷土防衛隊）の仲間を残虐に殺害したスハルトを軽蔑していた。

父はスカルノ大統領を尊敬していた。英語、オランダ語からラテン語まで解し、国際舞台でいかなる大国にも動じなかったこの大政治家を尊敬していた。日本ではデヴィ夫人の夫君として有名なスカルノは、ハッタと共にインドネシア独立運動のもっとも有名な指導者だった。

二〇歳年下のスハルトは、日本の占領時代は青年だったが、ＰＥＴＡ時代から軍人として頭角を現し、一九六三年に陸軍戦略予備軍の司令官に就任した。ベトナム戦争が激化する中で、スハルトら国軍の首脳たちは、インドネシア共産党を支持基盤とするスカルノに危機感を抱き、一九六五年九月三〇日のクーデターによって、共産党との関係を疑われた軍人から一般住民までを虐殺し、「秩序回復」を口実にスカルノから政治の実権を奪った。

父は晩年にリウマチで寝たきりになるまで、インドネシアなどイスラム圏からの留学生たちの親代わりとして世話をしていた。彼らが病気やケガをしても困らないように、アラビア語やインドネシア語の「医療会話集」を作って、地元の医療機関に配布した。

そして父は、二〇〇六年一〇月三日に、昭和の戦争に翻弄された波瀾万丈の生涯を終えた。享年八〇だった。

第II部

特攻隊員だった父の遺したもの

一　杉原千畝と歴史修正主義

父の教え

前半で昭和の産声とともに生まれた父の半生を比較的正確に復元できたのは、父の葬儀の後に見つけた厖大な日記、覚え書きや記録があったからだ。

そこに見出したものは、妹や私の子ども時代から見せていた、いつも微笑みを浮かべ、子煩悩な優しい父だけではなかった。父は息子である私が家庭で思っていた以上に複雑な思考と感性を持つ男だった。数カ国語を解する戦前生まれの日本人には珍しい国際人、『貧乏物語』で有名なマルクス経済学者の河上肇やロシア革命の指導者のプレハーノフから毛沢東選集まで左翼文献に通じた市民派であると同時に、黒澤映画の義侠心に富む浪人、藩校の流れを汲む旧制中学風の質実剛健の手本、村の風習やしきたりを重んじる伝統主義者でもあり、「今だけ、カネだけ、自分だけ」の現代社会の拝金主義と利那主義に激しく抵抗する人だった。

父の死後発見した日記は、「正しい人間になれ」「心の偉い人になれ」という呼びかけから始まっていた。

父が言う「正しい」とは何か？　それは、世間とか周囲の通念とは別のところにあり、また「それをすれば『自分は得をするか損をするか』」とも別のところにある何かだった。

父は特に「みんなそうしている」「みんな言っている」という「みんな」という言葉を嫌悪し、「それじゃあ、『みんな』が泥棒したら自分もするのか？」と反問した。

幼い私に父は、「いいか、たくさんカネを持っている者が偉いんじゃない。心がきれいで、困っている人を助ける者が世の中で一番偉いんじゃ」と繰り返した。そして、リウマチで立ち上がれなくなるまで、インドネシアなどイスラム圏からの留学生の面倒をみていた。

特攻隊帰りなのに粗暴なところがなく、特に女性、子どもやお年寄りにとても優しい人だった。月末に給料が出ると、当時東京でしか入手できなかった電気毛布などを実家に送っていた。

旧制中学を卒業後、予科練の特攻隊に志願し、そして復員した父は、昭和の高度成長期に生きながら、およそ「時代の人」ではなかった。それどころか、時代の拝金主義に激しく抵抗し、「今だけ、カネだけ、自分だけ」のエゴイズムに満ちた利那主義を嫌悪し、知性と徳性の復興を願った人だった。

父は世間や時流に迎合することを恥と考えているところがあり、ポピュリズム的な扇動を警戒し、私にも常に考えることを求め、英単語一つ教わったことがなく、「自分で考えろ」が口癖だった。リベラルで寛容であると共に、古風な伝統を重んじる名状し難い矛盾撞着を生きる人だった。父の言う「正しい人間」とは、あらかじめ決まった「正しい」ことを修身のように追認することとは真逆のことで、時代の支配的な道徳とも別物だった。

私は父の「正しい人間」という言葉を思うたびに、古代の預言者エレミアの警告を思い浮かべる。「預言者」とは、霊感に啓示された真意を伝達する神と人間との仲介者のことである。


お前たちの道と行いを正し、お互いの間に正義を行い、寄留の異邦人、孤児、寡婦を虐げず、無実の人の血を流さず、異教の神々に従うことなく、自ら災いを招いてはならない。

（エレミア記七章五〜六節）


父もまた小さく、非力な人を守る人だった。私が杉原千畝という人物に傾倒したのも当然のなりゆきだった。

「外交官としてではなく／人間として当然の／正しい決断をした／命のビザ発給者／杉原千畝」早稲田大学（早稲田キャンパス）14 号館の脇に建つ杉原千畝の顕彰碑

杉原千畝に惹かれて

早稲田大学の大隈重信像の裏の道を右手に行くと、一四号館の脇に杉原千畝を讃える顕彰碑がある。千畝のつつましい人柄さながらの小ぶりもので、通り行く学生たちのほとんどもそれが何かを知らない。

杉原が独ソ間の情報収集のために渡欧する準備を進めていた一九三七年の七月七日、中国の北京郊外の盧溝橋で日中両軍による戦闘が開始された。

奇しくも同じ日、スイスのジュネーヴでは、日中両国の学者たちが他の三七カ国からの代表とともに会食し、姉崎正治や李煜瀛などといった知識人たちが、知的協力の現状と将来について討議していた。姉崎正治は東京帝国大学の哲学科で井上哲次郎やケーベルに学び、昭和天皇に進講する日本を代表する哲学者、李煜瀛はフランスに学んだ北京大学の教授で、国民党の常務委員会のメンバーだった。

それに先立つ一九三四年、国際連盟による知的協力についての報告書は、「世界の国々が自国の殻に閉じこもれば閉じこもるほど、各国の人々のあいだの断絶感が強くなってしまう。したがって知的統合と協力の必要性はいっそう高まっている」と強調していた。

また先の報告書では、「政治分野において、国際関係の不安定な状況、この結果起きるためらいや不安感、そして、経済システムがこうむっている生産の混乱と危機によって、精神世界が脅威を受けているとき、世界の人々はお互いを知り理解する必要があることをしっかりと認識すべきである」として、知的協力の努力は、「普遍的な道徳を認識し、嫌悪感が生み出すような極端に走る危険や屈折した感情を防ぐ」ことを保障するために以前にもまして必要だと思われていた。

戦前の在欧日本人社会で流布していたユダヤ人に対する差別的な隠語（記録にはないが「ユダ公」とかの類だろう）を幸子夫人が披露したとき、千畝からただちに「そんなことを言うものじゃない」と強い調子でたしなめられたと、幸子夫人の手記『六千人の命のビザ』（大正出版、一九九四年）は伝える。

また、「女性の話を真剣に聞いて、きちんと答えてくれるような男性はほとんどいなかった」時代に、千畝は「男の子を、それも長男をことさら大事にするという日本の風習にも批判的」だったという。

旧満州のハルビンでロシア正教の洗礼を受けた幸子夫人は、結婚を決断した動機の一つに、千畝の徹底した男女平等観、明治生まれの男にはめずらしい女性蔑視の否定があった。その『六千人の命のビザ』で、幸子夫人はこう述べている。

「あまり饒舌な方ではなかったのですが、言葉を選ぶように、私に分かりやすく話そうとしてくれていることがよく分かりました。私にとって、そんな〝千畝さん〟の態度は不思議な感じでした。当時は女性の話を真剣に聞いて、きちんと答えてくれるような男性はほとんどいなかったからです」（五二頁）

千畝による小さな愛の物語は、日常生活のなかでさえ「嫌悪感が生み出すような極端に走る危険や屈折した感情」から距離を置こうとする不断の努力から生まれたのである。

戦後七〇年以上経っても、医学部の入試で女子だけ減点され、大相撲の開会式で倒れた市長を救命に駆けつけた女性看護師が退去させられる蛮行が起こり、「女は穢れている」からと塩まで撒かれる中世的迷信さえ生きている。

差別を憎んだ千畝は、戦前の日本であらゆる差別の根源に男女差別があることを見抜き、われわれ現代人にとっても良き手本になっている。

家族から始まる愛の物語

千畝の人類愛は、幸子夫人の回想録が刊行されなければ知られなかった日常の家族間の小さな歴史と繋がっていたのである。

ドイツと同盟関係を深めようとしていた日本の外交官である千畝が、ナチスに追われたユダヤ難民という縁もゆかりもない人々を受け入れ、自己愛の延長に過ぎないナショナリズムの閉域に留まることがなかったのは、「正義の業を行い、寄留の異邦人、孤児、寡婦を救」うことが、キリスト者の第一の義務と考えていたからであろう。

目の前の疲労困憊の難民たちと日本の外交官としての立場の間で葛藤した千畝は、ついに本省の訓命に反し日本通過のビザを発給した。

> 私を頼ってくる人々を見捨てるわけにはいかない。でなければ私は神に背く。
>
> (『六千人の命のビザ』二〇〇頁)

それが千畝の決断であり、信仰であった。

亡くなった父が私の書きものの中でとりわけ喜んだのは、岩波書店の月刊誌『世界』(二〇〇〇年九月号）に掲載された「捏造される杉原千畝像」という記事（本書巻末参照）だった。

当時は、小林よしのり氏の『新ゴーマニズム宣言special 戦争論』（幻冬舎、一九九八年）や日本会議や「新しい歴史教科書をつくる会」の歴史修正主義が猛威を振るい、杉原千畝の義挙が政府の方針だったなどというデタラメがメディアで猛威を振るっていた。

ある人が「『千畝さんが立派だ、かわいそうだ』と言う人はたくさんいる。だけど誰も何もしてくれない」と嘆いていた。そこで私は「私がやります。私にやらせてください」と述べ、「多勢に無勢なので、私が日本の知識人に向けてマニフェストを書きます。必ずこの不世出の外交官を擁護しようという呼びかけに応えてくれる人が必ずいるはずです」と付け加えた。

件の記事は、ちょうど日本会議のホロコースト関係の講演会が開催されている最中に刊行され大きな反響を呼び、明治大学の阪東宏氏（『日本のユダヤ人政策 1931-1945』未來社、二〇〇二年）や日本女子大学の金子マーティン氏（『神戸・ユダヤ人難民 1940-1941 ―「修正」される戦時下日本の猶太人対策』みずのわ出版、二〇〇三年）などが直ちに千畝擁護のために立ち上がって下さった。

岐阜県で高校の国語教諭だった女性が「息子さんにお礼を言っておいて下さい。岐阜県人にとって千畝さんは郷土のヒーローです。あんな立派な人を貶めるなんて許せない。息子さんのように擁護してくださる方がいて溜飲が下がりました」と言っていたと、当時その女性の主宰する句会に入っていた父が私に述べた。それは、親孝行などしたことがない私の数少ない父親孝行になった。

「正義の業を行い、寄留の異邦人、孤児、寡婦を救え」

さて、一九世紀末の反ユダヤ主義の高まりの中で起きたユダヤ人将校の冤罪事件であるドレフュス事件から、ナチス占領下の傀儡ヴィシー政権を経て排外主義を掲げる右翼政党「国民戦線」の伸長まで、フランスの歴史の根底には、「教会の長女」と呼ばれるカトリックの伝統、ユダヤ人やプロテスタントなど少数派、そして大革命にさかのぼる左翼の伝統との複雑な絡み合いが横たわっている。

これらフランス的特殊性は、私を現代の日本社会の諸問題と向き合わせる導線でもあり、また戦時中にナチスに追われリトアニアに逃げ込んだユダヤ難民を救った杉原千畝の「六千人の命のビザ」への関心を促した導きの糸でもあった。

ルーマニアのブカレストに生まれたユダヤ系の米国人歴史家のユージン・ウェバーは、『うつろな年々、フランス一九三〇年代』(The Hollow Years : France in the 1930s, New York, W.W.Norton & Company Inc, 1994) のなかで、こう述べている。

「一九三〇年代についての本は、直接的であれ間接的であれ、生き残った人たち、つまり、兵士たち、未亡人、孤児、子供を亡くした親たちの傷跡や心の痛みについてのものとなっており、これらの人々は傷ついたものを憐れみ、このような災禍を繰り返さない決意をするものでなければならない」

ウェバーの何気ない言及は、杉原千畝の幸子夫人が、カウナスの日本領事館の前で日本のビザの発給を待つユダヤ難民の子どもの疲労困憊の顔を見たときのことを扱った「ビザを待つ人群に父親の手を握る幼な子はいたく顔汚れをり」（『六千人の命のビザ』四〇頁）という歌を思い起こさせる。

ウェバーが「生き残った人たち、つまり、兵士たち、未亡人、孤児、子供を亡くした親たち」と列挙した人々は、預言者エレミアを通して「寄留の異邦人、孤児、寡婦」の保護をユダ王国末代の王たちに命じた要請にも、また預言者ゼカリアを通じた「やもめ、みなしご、寄留者、貧しい者を虐げず、互いに災いをたくらんではならない」との厳命にも含まれている。

こうした聖書の背景を知らないと、キリスト者であった杉原千畝が残した「私を頼ってくる人々を見捨てるわけにはいかない。でなければ私は神に背く」という言葉の意味が半分しかわからない。

アジアもヨーロッパも、また枢軸国側も連合国側も殺戮の狂気に覆われていたとき、偏見と憎しみの前に立ちはだかり、身職を賭して「寄留の異邦人、孤児、寡婦」を守った杉原千畝のような人がいたことを知ることは、何と励まされることではないか。

あの人たちを憐れに思うからやっているのだ。彼らは国を出たいという、だから私はビザを出す。ただそれだけのことだ。

そう杉原は述べたという。窮状にある人々への「憐れみ」の念こそ、殺伐とした世界を多少とも人間味のあるものにしてきた、人間が持ち得るもっとも高貴な心情であろう。

早稲田奉仕園と少女の涙

牛乳売りのアルバイトで苦学した早稲田大学の学生時代、キリスト教に興味を持っていた千畝は、現在の早稲田奉仕園の友愛学舎に入会した。

友愛学舎の舎章は、ヨハネによる福音書一五章一三節からとられた、「友のために自分の命を捨てること、これ以上に大きな愛はない」というものであった。

イエスの言行録であるマルコ、マタイ、ルカ、ヨハネによる福音書の中でも、ヨハネ伝がユダヤ教会堂からナザレ派異端として初期のキリスト教団が迫害されていた時期に書かれただけに、この言葉は異様な説得力をもってわれわれに迫る。

まだコロナが流行っていない頃、私は在特会などレイシストへのカウンターによく行っていた。

「カウンター」というのは、レイシストや差別主義者への抗議活動のことだ。

あるとき、先頭の街宣車のマイクがこうアピールしていた。

「統一教会や創価学会のようなカルト宗教は反日だ！」

カウンター側から歓声が上がった。

「その通りだ。おまえらたまにはいいこと言うな！」

しかし、次がよくない。

「だから、これから早稲田奉仕園に突入します」

早稲田奉仕園は、杉原千畝ゆかりの学生寮で、日本キリスト教団に属する正統派のプロテスタントで、統一教会とは何の関係もない。慌てた私は、早稲田奉仕園の前に駆けつけ、無知な差別主義者の襲撃に備えた。


ここに一枚の写真がある。フォトジャーナリストの権徹氏が撮った歴史的一枚だ。

新大久保の「在特会」のヘイトデモを見て少女は泣いていた。「在日」かと思い、韓国から来たカメラマンの権徹氏が話しかけたが、反応がない。少女は、日本人の女子高生だった。そして、「同じ人間なのに、どうしてあんなひどいことを……申し訳ない、申し訳ない」と泣き崩れた。

ヘイトデモに遭遇して涙を流す少女（東京・新大久保。撮影：権徹）

この写真は、日韓両国に大きな反響を呼び、心優しい少女の真珠の涙が、ヘイトスピーチ規制法の制定の後押しをした。

「正義の業を行い、寄留の異邦人、孤児、寡婦を救え」という預言者エレミアの言葉は、いつも私の心を鼓舞している。

小林よしのり氏の『戦争論』

第二次世界大戦が集結して半世紀が経った一九九〇年代後半、ソ連と東欧の全体主義体制の崩壊後、欧米各国では歴史と記憶をめぐる議論がわきあがった。

事情は日本でも同様で、なかでもかまびすしいのが、南京虐殺事件や従軍慰安婦の存在を否定する藤岡信勝氏らの「新しい歴史教科書をつくる会」（以下、「つくる会」）の面々で、その活動はフランスのル・

モンド紙でも取り沙汰された。

「つくる会」の創立当時のメンバーでもっとも名の知られた漫画家の小林よしのり氏は、『新ゴーマニズム宣言』の一コマを配した当の記事に対して、炎上商法の成功を喜ぶかのように以下のコメントを寄せた。

「フランスの高級紙『ル・モンド』一九九八年一月三一日付の文化欄に『大衆向け出版文化における歴史否定の動き。売れっ子漫画家と東大教授。一九三七年から四五年の日本軍による不正行為はなかったとする運動を先導する』という大見出しの記事が大々的に載り、小林よしのり、藤岡信勝という、大衆心理をつかむ二人のリーダーによる歴史修正主義運動が活発化している、と報じられた」

不思議なことに小林氏は「無断引用カット」に憤慨するわけでもなく、「トレビヤン！　今までいろいろ悪口を書かれてきたけど、国際的なスケールにまでなっちゃったってのが痛快」などと述べ、「全体の文面から察するに、日本のサヨクのご注進により記事を書いているのが明白」などと、いつもながらのご見識を開陳したものだ。

しかし、確かに世紀の変わり目、日本の論壇は、一九九八年に刊行された小林よしのり氏の『戦争論』の話題で持ちきりだった。否定論や歴史修正主義の猛威が吹き荒れ、歴史界や思想界も、日本の社会と学問を荒廃させるその不吉な颶風《ぐふう》への対応で右往左往していた。

今日「ネトウヨ」と呼ばれる有象無象の生みの親である小林よしのり氏の歴史改ざんの手法は、実に簡単な文法でできている。それは、「じっちゃんを守れ」という殺し文句を支える文法である。

小林氏は、この「じっちゃんを守れ」というフレーズで、自分たちの父祖を貶める論調を「自虐史観」という造語で非難し、反対語がなかなか見つからないこの「自虐」という言葉は、旧日本軍の戦争加害を批判するまっとうな勢力に対しても濫用された。

ここで考えなくてはならないのは、ある人物が「良い人」であるとか「悪い人」であるとかいうことは、その人物が歴史上果たした政治的意味とは無関係だということだ。

例えば、戦時中、中国大陸で残虐行為にかかわったおじいちゃんが、家庭では孫に優しい好々爺であること、ユダヤ人のアウシュヴィッツ移送の責任者であったアイヒマンが「良い夫」「良い父」であることは矛盾しない。

小林よしのり氏は、この両者を故意に混同することで俗情と結託し、旧日本軍による中国大陸や東南アジアでの加害への批判を封じるいかがわしいバリアを作って、右翼や歴史修正主義者たちの寵児となったのである。

『新ゴーマニズム宣言』のユダヤ論のデタラメ

小林よしのり氏は、またいいかげんな乱読から「日本人はユダヤ人に優しかった」論を水増しし、誇大に吹聴していた。

そこで私は、該当分野の職業的研究者として放置できないと考え、『戦争論』における小林氏のユダヤ論のデタラメを岩波書店の『世界』（二〇〇〇年九月号）に「捏造される杉原千畝像」という記事を書き、徹底的な批判を加え、怒り狂った小林氏はSapio誌連載の『新ゴーマニズム宣言』で私のカリカチュアを描いてうっぷん晴らしをした。

その反論自体もいい加減なものなので、私が反論を書くと、小林氏は『新ゴーマニズム宣言special「個と公」論』（幻冬舎、二〇〇〇年）で再反論し、数回の応酬があった。

もちろん、小林氏は学問的には素人なので、プロがアマチュアを袋叩きにするのは上品な振る舞いではなくいささか心が咎めたが、若者たちへの誤った歴史認識の吹聴を放置するわけにはいかなかった。

杉原千畝に対する表向きの「顕彰」と執拗な誹謗中傷は、主に以下のグループによってなされていた。
① 千畝の功績を妬み、また不服従を不快に思う旧外務省関係者
② 日本のユダヤ人保護策に一括したい旧軍関係者
③ 「国史」を美化したい右翼や歴史修正主義者
④ ③を支持する原理主義的なキリスト教系の新興宗教団体

これらのグループの政治的、経済的なものから宗教的に至る底意はさまざまであり、その思惑が必ずしも同心円で一致するわけではないが、カウナスにおける杉原領事の人道的行為から個人的契機を簒奪したいという点では一致しており、不誠実な者たちの後ろ手の同盟の成果が、日本会議国際広報委員会、軍事史学会、日本イスラエル商工会議所、同台経済懇話会の共催による「ホロコーストからユダヤ人を救った日本」（於サンケイ新聞社ビル）と題する特別シンポジウムであり、またヒレル・レビンのスキャンダラスな著書『千畝──一万人の命を救った外交官杉原千畝の謎』（諏訪澄・篠輝久 監修・訳、清水書院、一九九八年）への取材協力であった。

ヒレル・レビン『千畝』というインチキ本

外務省関連の協力について述べると、まず外務省文化第一課が一九九四年、『千畝』の著者であるレビン氏を「平成六年度先進国招聘プログラム」の一環として日本に招いたのだという。『千畝』の英語原本巻末には、レビンの取材に協力したりインタビューを受けたりした、外務省関係者を含む興味深い人名リストがあるので、参照してほしい。

レビン本のおかしさに気づかされたのは、千畝三部作〈『決断・命のビザ』一九九六年〉、『真相・杉原ビザ』二〇〇〇年、『杉原千畝の悲劇』二〇〇六年、三冊共に大正出版）の著者として知られる、千畝研究の第一人者である渡辺勝正先生（「杉原千畝研究会」会長）のおかげで、レビンのやってもいないインタビューについて知り驚いた。

満州におけるユダヤ問題の責任者だった安江仙弘大佐の長男の弘夫氏に照会しても、「レビンに会ったことはありますが、あんなことは言っていない」とのことだった。

先の『世界』記事で指摘した個所以外でも、この『千畝』の邦訳は数え切れないほどの誤記があり、また原文と翻訳が食い違うところがいくつもある。千畝の前妻クラウディアに対して「彼はあなたを何とよんでいましたか」（邦訳一〇一頁、原文六八頁）というレビンの問いかけに対して、邦訳では「ユリコ」となっているが、原文では「ユキコ」となっており、レビンは"Klaudia／Yukiko"（原文六九頁）と確信を込めてその呼び名を繰り返しているので誤植ではない。つまり、千畝は、前妻も夫人も、同じ名前で呼んでいたというわけだ。

しかし、これなどはまだかわいげ気のあるもので、つぎの例などは、怒りを通り越して、もはや呆れ果てるほかはない。

『千畝』のなかには、「一九二〇年代の吉原」に触れた個所がある。そして、「ある日、満州から来た千畝、志村、そして彼らの上司であった当時のハルピン領事大橋忠一が繰り出した」とされている。邦訳では「志村は、彼らがどのように登楼したかを語る」と曖昧な表現になっているが、原文（六四頁）では「トルコ風呂に行った」となっており、「志村が誇らしげに指摘するところによれば、それは『ソープランド』と呼ばれていた」などという言及さえある。「一九二〇年代」

といえば、大正末期から昭和初期の話である。翻訳者自らが「原著は、もっとむちゃくちゃだった」と認めるだけに、英語原本の記述はすさまじいものである。

もちろん翻訳に残された部分を読んだだけでも、レビンによれば、独ソ戦の時期の特定という国家の浮沈に関わる重大使命を帯びていた千畝が頻繁にパーティーを催していたらしく、「リトアニアで各国の外交官相手に最高級の会食を重ねたせい」で「体型に影響が出てきたり」(五頁)、カウナス領事館に存在しないピアノを「何時間も弾いた」(二五一頁)りと、相当に暇だったらしい。また、生涯一面識もない千畝と樋口季一郎が「長い満州勤務時代を通じて旧知の間柄」(二一七頁)であったりと奇想天外であり、研究書でなく小説としてなら、なかなか楽しめるしろものである。

小林よしのり氏は、このインチキ本をあたかも意義ある学術書であるかのように紹介し、また樋口季一郎中将が「満州で二万人のユダヤ人を救った」などというおとぎ話を漫画で吹聴していた。

一九三八年に発生した「オトポール事件」の際、実際に移送を担当した、松岡満鉄総裁の秘書・庄島辰登(満鉄会理事)は、最初に到着したユダヤ難民を一八名としており、その数は、樋口の遺品として一九九四年八月一氏日付の『北海道新聞』に掲載された写真に写る難民の数と合致する。

庄島による満鉄会の記録調査によれば最初の一八名についで、五人あるいは一〇名と一週間おきに相次いでユダヤ難民が到着し、三月から四月末までに総計約五〇人のユダヤ人を救援したとある。その後、第二陣、第三陣と少人数の難民が後続し、当時の「浜州線（満州里―ハルビン）の車両編成や乗務員の証言から考えて百から二百名」というのがオトポール事件の実際である。

二　リベラルと保守の間で宙づり——私の思想遍歴

取手の農村から都心の学校へ

幼少期の印象深い記憶は、東京タワー建設とオリンピックに向けて躍動する東京の変貌にさかのぼる。

上京して大田区の調布嶺町（現在の東嶺町）の社宅に入った私は、久が原の天使幼稚園を卒園した後、区立の松仙小学校に入学した。ちょうど都立雪谷高校の隣にあり、いまと違いまだ木造の校舎だった。東京の冬はいまよりずっと気温が低く、よく手がしもやけになり、教室の木炭ストーブに手をかざしたことを思い出す。まだ舗装されていない道も多く、あちこちで見かける霜柱を見つけて踏んで通学するのが楽しみだった。

遅刻しそうなときは、近道である雪谷高校の校庭を突っ切って行ったが、特に注意はされなかった。テニスの早朝練習をしていた高校生たちが手を振ってくれ、ひどくお兄さんお姉さんに見えた。

件の社宅は、東急池上線の御嶽山駅の近くにあり、この御嶽山駅の近くで新幹線が通る東海道本線と東急池上線が立体交差していた。踏切りが閉鎖され、護岸工事と防音対策が突貫工事で行われた。

当時の調布嶺町は、戦前の荏原郡のなごりをとどめ、あちこちに畑地や空き地があり、まだ戦時中の防空壕跡もあった。そんな「東京の田舎」ともいうべき場所で、私はランドセルを放り投げては、毎日日暮れまで泥だらけで遊んでいた。学校の成績や試験の点数などまったく関心がなかった。今のようにスマホやゲーム機があるわけではなく、テレビ以外は、日曜日に家族で行く蒲田や五反田のデパートや二子玉川園という遊園地に行くのが、二歳年下の妹と私にとって数少ない楽しみだった。

しかし、社宅の都合で、この調布嶺町から小学校四年生のときに三鷹市の牟礼に引っ越した。畑地も多く井の頭公園に近い郊外地だった。

さて引っ越しの前に、同じクラスの「大ちゃん」から電話がかかってきた。当時は、商売をやっているとか医院とか以外にまだ東京でも固定電話は普及しておらず、その電話は、銀行の頭取をやっていた隣家の松崎さんからの取り次ぎだった。

電話があると聞いた私は驚いた。というのも、容貌魁偉で乱暴者の大ちゃんとは、朝あいさつをする程度で、私だけでなく誰もが敬遠気味で、意図的に仲間はずれにしているわけではないが、大ちゃんは休み時間もいつも一人で遊んでいたからだ。その大ちゃんが「松浦君、引っ越ししちゃうの？　さびしいね。また会おうね」と電話してきてくれた。短い電話だったが、何か熱いものがこみ上げてきた。そして、誰も友だちがいなかった大ちゃんは、きっと「大ちゃん、いっしょに遊ぼう」と誰か声をかけてくるのをずっと待っていたんだと思った。

その後、わが家は茨城県北相馬郡取手町と呼ばれた田園地帯に小さな戸建て住宅を購入し、私は取手小学校を卒業した後、千代田区の公立中学に越境入学し都立高校に進んだ。

取手町は、常磐線の駅周辺以外は、まるで民俗学者の柳田國男が『故郷七十年』（一九五八年）で隣町の利根町布川を描いた農村風景さながらだった。それは、封建時代からあまり変わらぬような利根川沿岸に点在する農村だった。「田の面かようその風も……」と始まる取手小学校の校歌そのままの風景がそこにはあった。級友に誘われ小貝川まで川釣りに行ったときに、足を水に浸けたときのひやりとした感覚が、まるで昨日のことのように鮮やかに脳裏によみがえる。

当時を振り返ると、詩人の立原道造の「夢みたものは……」という詩の冒頭が頭をよぎる。

夢みたものは　ひとつの幸福
ねがつたものは　ひとつの愛
山なみのあちらにも　しづかな村がある
明るい日曜日の　青い空がある

取手小学校を卒業した私が都心の今川中学校から九段高校まで通った時期は、ちょうど一九六〇年代の終わりから一九七〇年代の初めにあたり、日本だけでなく世界中が学生運動で騒然としていた。

当時の千代田区の中学は、麹町・一橋・九段・今川・錬成の五校あり、八割は越境入学で、関東一円のオール五で学級委員の秀才たちを集め、戦後四半世紀、日本のすべての中学のトップに君臨していた。岸田首相や後藤茂之厚生労働相も私と同世代の麹町中学出身。私が通ったのは神田一橋中学に統合された今川中学で、現在も校舎だけは神田の鍛冶町に残っている。

いま思い出すと、当時は「四谷大塚」など進学塾のはしりの時期で、いつも小学校で私とトップを争っていた、親が霞が関の官僚のS・A君は開成に、薬剤師の娘のNさんは桜蔭中学に進んだ。S君は勉強はできるが、学校行事を休んで塾に行くタイプで人望がなく、学級委員はずっと私とNさんだった。

そうした先端的な流行とは無関係で、田舎者の父は「地域で一番良い公立に行けばええ」という旧制中学から変わらぬ信仰を持っていた。しかし、地主の娘で昔風のお嬢さんの祖母は、母を愛媛師範の附属に通わせたように、孫の私を「良家の子女が通う学校」に通わせたかったようで、地元の中学から土浦一高（旧制土浦中学校）に進学するというコースは、祖母によって退けられた。

千代田五校はほとんど同じカリキュラムで、クラスは成績順、英数は一年先の勉強をやり、中間や期末はトップからビリまで名前が張り出された。教員には従軍経験者もおり、体罰など日常茶飯事、上意下達の「勉強のための兵営」のようなところで、人権もプライバシーもなく、ひたすら都立や国立の名門校に行くことだけが目的の「格子なき牢獄」だった。妹も「お兄ちゃんと同じ中学に行けば」と家族が言い出し、これでまた大変なことになった。というのは、兄弟姉妹の入学は、上が抜群の成績を取り、品行方正でないと許可されないからである。

私はそこそこの成績で最高三番になったが、取手の田舎町から往復三時間の通学の上、毎日寝る間も惜しんで勉強する日々は、徐々に私の心身を蝕んでいった。みな勉強は抜群にできるものの、奇人変人が出始めていた。東京教育大学附属駒場高等学校（現筑波大学附属駒場高等学校）に入ったS君は数学の天才だったが、授業中奇声を発する変人だった。

しかし「勉強のための兵営」のような中学時代で、三年生なると私は心身共に疲れ果て、毎日胃腸の調子が悪くなり、やる気を失っていった。あれほど勉強に邁進していた毎日だったのに、ちょうど張り詰めた糸が切れるように、あらゆることに意欲が失われた。やがて、まとまりある考えができなくなり、ノイローゼ状態になり、試験の点数や偏差値を競う優等生ごっこにうんざりして来た。

テレビをつけると、ヘルメットをかぶり角棒を持った大学生たちが「安保反対」と叫びながらデモ行進をしていた。現在は世田谷区長の保坂展人氏が麹町中学に在学していた時代で、教育実習の学生が「現在の学生運動をどう思うか？」という課題を出し、担任の先生ともめていたことを思い出す。私はと言えば、「方法はともかく、大学生たちは社会の問題点を考え、それを良くしようと真剣に考えていると思う」と優等生的なレポートを提出し、教育実習の女子大生を感激させた。しかし実際はまだ幼くて、民青も革マルも中核も、また安保運動の意味もまるでわかっていなかった。

高校は、靖国神社の隣にある都立九段高校に通った。旧制東京市立一中の流れを汲む九段高校の卒業生には、教科書裁判で有名な家永三郎から安岡章太郎のような芥川賞作家まで著名人がたくさんいるが、最近の一番有名な卒業生は、何と言っても森友事件で日本一有名な官僚になった佐川宣寿氏だろう。在学中に会ったことはないが、佐川氏は私の一学年下だった。

「会ったことはない」というのは、クラスが多かったという以上に、東大を目指して一心不乱に勉学に励んでいた佐川氏と違い、私は落第しない程度に休み、学校に行く目的は図書館でひたすら本を読むことにあったからだ。心身共に疲れ果て、何もかもが嫌になっていた私の唯一の喜びは、学校の図書館と通学の帰りに神保町の古書店街に通うことだった。そして、当時の大学生や高校生がそうするように、まず『朝日ジャーナル』を読み始め、加藤周一や鶴見俊輔など錚々たる左派の知識人たちの弁論に魅了された。

図書館にこもって読書するうちに、私は京都の哲学者たちにも大きな影響を与えたドイツ観念論のシェリングやショーペンハウアーなどドイツの哲学、オペラ「カルメン」で有名なプロスペル・メリメや青柳瑞穂の名訳『反逆児』（新潮文庫）で知られるようになったラクルテルなどフランス文学に魅了されていた。

原文で読みたくなり、岩波書店の『ドイツ語入門』『フランス語入門』を買って独学を始めた。当時はCDはおろかカセットテープもなく、ソノシートというペラペラのレコードだったが、初めて聞く英語以外の外国語の発音にえも言われぬ魅力を感じた。

岩波新書に入っていた加藤周一の『羊の歌』（一九六八年）と渡辺照宏の『外国語の学び方』（一九六二年）は、高校生の私の学びの手本だった。昭和の中頃に生まれたわれわれは、父親が旧制中学や高校出身なので、『羊の歌』の府立一中や第一高等学校を描いたくだりはよく理解できた。

深川不動尊監院渡辺照叡の子として生まれた渡辺照宏は、ドイツのエルンスト・ロイマンからインド哲学を学び、九州大学や東洋大学で教鞭を執った仏教学者として知られていた。渡辺照宏の『外国語の学び方』は、題名から受けるハウツーものとは違い、語学の天才だった渡辺による波瀾万丈の学習史で、「ラテン語を学び始めたらすぐに『ラテン語教えます』の看板を掲げよ」とか「北欧の言葉はドイツ語と似ているから簡単だ」とか無茶なことが書かれており、岩波新書の中でもっとも破天荒な一冊だった。

そこで、独仏以外にラテン語も勉強しようと思い、当時はそれくらいしか入門書がなかった岩波全書の『ラテン語入門』を購入した。確かに著者の呉茂一は日本の西洋古典の第一人者なのだが、その古色蒼然たる説明文に閉口した。

いまの若い世代は『朝日ジャーナル』という週刊誌を知らないだろうが、簡単に言うと、岩波のあの小難しい月刊誌『世界』の週刊誌版のようなものだ。『朝日ジャーナル』の編集長にもなった筑紫哲也は、当時の人気ナンバーワンのジャーナリストで、高校生には少し難解だったが、「明晰にして判明」な主張に徹底しており理解できないことはなかった。執筆者の左派知識人たちの論考は明解で説得力があったが、私には何かもの足りないものがあった。頭に訴えかけるだけで、「グッとくる」ものがないのだ。

私はまた、文学や哲学に傾倒する青年たちの多くのように、太宰治やドイツの詩人ヘルダーリンに影響を受けた伊東静雄の作品に魅せられ、『浪漫』という文芸誌も購読していた。この雑誌は、戦時中の復古主義的な日本浪漫派や保守論壇を糾合したような雑誌で、高校時代の私は、左派と右派の知識人たちの磁場の間で、加藤周一と橋川文三の間で揺らめいていた。

『続 羊の歌』で、加藤周一は、戦後の思想状況を「京都哲学と日本浪漫派、高村光太郎と武者小路実篤が爆撃のもとに崩れ去った焼野原」と表現したが、逆に私はそこに思想的探求の出発点を置いていた。

ひどく現実味のない「初恋」

さて、思春期の少年にはつきものの「初恋」らしきものもなくはなかったが、それはひどく現実味のないものだった。ＮＨＫの朝のドラマ『らんまん』で描かれた植物学者の牧野富太郎は、その自伝『草木とともに』（ダヴィッド社、一九五六年）で、以下のように「わが初恋」を描いている。

「私は、この下宿先から人力車に乗って九段の坂を下り、今川小路を通って本郷の植物学教室へ通っていた。そのとき、いつもこの菓子屋の前を通った。その小さな店先きに、時々美しい娘が座っていた。私は、人力車をとめて、菓子を買いにこの店に立ち寄った。そうこうするうちに、この娘が日増しに好きになった」（六九頁）

牧野の青春時代の生活圏と「初恋」は、まさに私の中高生時代そのものだ。

「勉強以外全部禁止」のような千代田区の中学の殺伐とした雰囲気の中で、三分の一ほどいた女生徒の中でも、アイドル歌手のような顔立ちのOさんは、私だけでなく全校の憧れのような存在だった。オーケストラ部でトロンボーンを演奏する優雅な姿は、思春期の少年たちを魅了し、私が好きだと気づいた担任が隣の席にしてくれたのでどぎまぎした。

札幌の冬期オリンピックのフィギュアスケートで銅メダルを受賞したジャネット・リン選手に憧れ、拙い英語でイリノイ州の自宅にファンレターを送ったりもした。途中で転倒しても笑顔で起き上がり最後まで見事な演技を披露したリン選手は、日本人の判官贔屓の琴線に触れ、「ジャネット・リン旋風」と呼ばれるブームを巻き起こし、女の子たちはその髪型を真似た。「銀盤の妖精」と呼ばれた彼女は、新聞や雑誌で特集が組まれ、再来日してカルピスのコマーシャルに出演したりもした。

私の一方通行の恋愛感情は、いよいよ観念的で非現実的なものとなっていき、青春時代の私の一番のアイドルは、平安時代の貴婦人だった。

高校時代に古文の先生に薦められた円地文子の『なまみこ物語』は、枕草子に出てくる一条帝の中宮定子の悲劇の生涯を扱ったものだった。小説家の円地文子は、高名な国文学者の上田萬年の二女で、『なまみこ物語』は、まだ生き霊や呪術などが現実だった平安時代の雰囲気を余すところなく活写していた。

道長との政争に敗れた中関白家の伊周の妹であった定子は、実家の没落の中でも毅然と運命に立ち向かい、その才能と思いやりある性質で宮廷サロンを心服させた。この日本史上最高の貴婦人とも言うべき定子の生涯に魅せられた私は、『大鏡』『栄華物語』『無名草子』からその注釈書まで買い込み、おかげで受験程度の古文は苦にならなくなった。

「勝ち馬に乗る」道長びいきの古典の中でも、中宮定子を貶める記述がまったくなく、『なまみこ物語』で理想化されたように思われる定子像はおおげさな誇張ではなかった。『栄華物語』の注釈書で、後拾遺和歌集に収録された定子の辞世の歌に付された註に、「これは当時の貴族たちの必須の教養だった白居易が玄宗皇帝と楊貴妃をうたった『長恨歌』を踏まえたもの」とあった。「天にあっては比翼の鳥のように」「地にあっては連理の枝のように」という有名な比翼連理という詩句の解説があり、私の定子熱はいよいよ高まり、京都の鳥辺野陵まで参詣に行ったりもした。

それは、私の文学熱の始まりだった。

二冊の本との出会い

高校時代に今日まで続く大きな影響を受けた二冊の本と出会った。

その二冊に触れる前に、世界史の「事件の中の事件」ともいうべきドレフュス事件について少し触れておこう。

一九世紀末の反ユダヤ主義の高まりの中で濡れ衣を着せられたユダヤ系のアルフレッド・ドレフュス大尉をめぐる事件、ドレフュス事件というものがあった。それは、ユダヤ系のドレフュス大尉が陸軍の兵器の機密をドイツに漏洩したというもので、陸軍内の調査で冤罪とわかっても、軍中央は体面のためにドレフュスを有罪にし、南米ギアナの悪魔島に流刑にした。

このドレフュス事件の調査を命じられ、無罪の報告書を持参したピカール大佐に、参謀本部の将軍はこう言い放った。

「君さえ黙っていれば、誰にもわからない……ユダヤ人の一人や二人どうなろうと、君の人生に関係ないだろう」

陸軍士官学校を優秀な成績で卒業し、将来を嘱望されて参謀本部員に抜擢され、陸軍大学で教鞭を執っていたピカール大佐は、上官の言葉に耳を疑った。「これが、私がこれまで誠心誠意尽くし、陸軍の模範と思っていた上官の本心なのか？」……失望はやがて怒りに変わり、ピカール大佐は参謀肩章を引きちぎり、無実の部下を救うために不屈の知識人となった。

ピカール大佐は、早速報復人事で左遷されたが、それでも正義の回復のための闘いを止めなかった。やがて作家、ジャーナリスト、学者、芸術家がピカール大佐の職を賭した義挙に共感し、その中には、後にフランス文化を代表する、エミール・ゾラ、ロマン・ロランやマルセル・プルーストなどの若き姿もあった。

さて、高校時代に大きな影響を受けた本の一冊目は、ドレフュス擁護派と反対派が国論を二分する騒然たるフランスを舞台にした、ジャック・ド・ラクルテルの小説『反逆児』（原題は「シルベルマン」）である。名門高校に通う青年ダヴィッド・シルベルマンは、一七世紀の古典作家ラシーヌからヴィクトル・ユゴーの詩句を朗々と暗唱する秀才だが、ユダヤ系ゆえにあらゆる差別と迫害を受け、それを同情の目で見る視点で小説は進行する。

青柳瑞穂氏の名訳で知られる小説に魅了された私は、ドレフュス事件からナチス占領期の傀儡ヴィシー政権に至るフランスの激動の歴史に引き込まれ、やがてそこに常につきまとうユダヤ人をめぐる問題に深い興味を持つようになった。この小説はあまりポピュラーな作品ではないが、愛読者の一人に先般亡くなられた、新右翼「一水会」の代表の鈴木邦男氏がいる。

著者のラクルテルは、フランス革命時代の議会で活躍した貴族を祖先に持つプロテスタントで、フランスの作家にはめずらしくケンブリッジ大学出身だった。日本でも良く知られたアンドレ・ジッドなどと共に、二〇世紀初頭のフランス文学を牽引した『ヌーヴェル・ルヴュー・フランセーズ』誌（略称：NRF）の発展に協力した。周知のように大多数がカトリック信者のフランスを冷静に「外から」見るプロテスタントは、先のジッドから哲学者のポール・リクール、文芸評論家のロラン・バルトなど、現代文学や思想を刷新する異才を輩出してきた。

高校時代に感銘を受けたもう一冊は太宰治の『晩年』という短編集で、課題図書の一つだった。現代国語の先生は、この『晩年』と武田泰淳の『ひかりごけ』、アルベール・カミュの『異邦人』、そして「高知の土佐高出身で東大国文科に学ぶ秀才」と紹介された教育実習の先生は、レマルクの『凱旋門』を薦めた。「どれか一冊選んで感想を書け」という定番の夏休みの宿題だった。課題として指定された新潮文庫は廉価なので一応全部目を通してみた。

『ひかりごけ』は、雪と氷に閉ざされた北海の洞窟の中で、生き残るために人肉食に及ぶというトンデモない小説なので、気味が悪く早速却下。

レマルクの『凱旋門』は、ナチスの影におびえる医師ラヴィックと女優ジョアンの恋愛劇だが、『西部戦線異状なし』と同様に、大層図式的な善悪二元論に閉口した。大衆映画にすれば「受ける」かもしれないが、こんな凡庸な恋愛小説を激賞する教育実習生は、見るからに女性に縁がなさそうで、その女性観にも疑問符がついた。

カミュは、サルトルとともに時代の寵児だったが、この「不条理の文学」という触れ込みの翻訳ではまるで理解できなかった。後年フランス語が読めるようになると、「太陽のせいでアラブ人を殺した」ムルソーという主人公の名前が「ムル」（死）と「ソー」（太陽）の膠着語で、ラ・ロシュフコーの『箴言集』にある「太陽と死は直視できない」という一節を踏まえていることがわかった。フランス語の原文で読まなければ理解できない本を課題図書にするのは、先生のミスだったといまは思う。

つまり、太宰治の『晩年』にたどりついたのは、消去法の結果だった。しかし、太宰文学の青春のリリシズムにすっかり魅了された私は、主要作品を読破していった。もちろん、文学青年は大抵太宰に「やられる」のだが、私は同時に解説に出て来る「日本浪漫派」という言葉に釘付けになった。なぜなら、『朝日ジャーナル』とともに定期購読していた月刊誌『浪漫』のタイトルは、この日本浪漫派に由来していたからである。

青年時代の私は、『浪漫』の古典的な伝統主義と『朝日ジャーナル』の左翼やリベラルの知識人たちのまばゆいばかりの洗練された議論の間で宙吊りになっていた。

「理性崇拝」への懐疑

多くの文学青年と同様に、高校時代に太宰治の小説や伊東静雄の詩を好んだが、ただ青春のリリシズムに惑溺しただけではなかった。

私は彼らが周辺的にかかわった「日本浪漫派」の運動が気になり、図書館でカード検索してみると、橋川文三の『日本浪曼派批判序説』という未來社から刊行された浩瀚な研究書がヒットし、早速読んでみた。

橋川の著作は、高校生にはかなり難解で、無駄な繰り返しも多く、決して読みやすいものではなかったが、一九三〇年代の共産党の組織的壊滅の後、日本の伝統に回帰していく保田與重郎らの文学や思想の試みに関する議論に興味を引かれた。

ナポレオン占領下のドイツの政治的無力から啓蒙主義的への離別へと至るドイツ・ロマン派の運動、西欧への憧憬と反発は、同じく政治的後進国だった日本の文化的風土と共振するものがあった。それはまた、いわゆる「団塊の世代」の一回り下であるわれわれの世代、経済的繁栄の中で精神が空洞化して行くバブル期の頽廃的風潮と折り重なって見えた。

橋川は、この著作を書くに当たり、ワイマール時代の法哲学者のカール・シュミットによる『政治的ロマン主義』を議論の下敷きにしていた。政治史の上では、カール・シュミットは『大統領の独裁』『現代議会主義の精神史的地位』などの著作で「ナチスの桂冠法学者」とか「ワイマール共和国の墓掘り人」などとはなはだ評判が悪い。

私が『政治的ロマン主義』で非常に興味深く読んだ理由は、この本がフランス革命とそれに反対する思想家たち、『ペテルブルグ夜話』で日本でも知られたジョゼフ・ド・メーストル、ボナルドやドソノ・コルテスなど反革命の理論家からドイツ・ロマン派を経てシャルル・モーラスなどに至る反革命の理論家の系譜を丹念に追っているからだった。シャルル・モーラスは、先に触れたドレフュス事件の際に、国権と陸軍を支持する反ドレフュス派の「アクション・フランセーズ」という右翼組織の総帥だった。

それは、きらびやかなヨーロッパのイメージの影の部分で、それゆえ高校生の私には新鮮な発見だった。ここで私は、「革命が良く反革命が悪い」などと単純には考えなかった。

確かに一八世紀の急進的で自由主義的な啓蒙思想家たちの持続的な宣伝を受け入れている知識人たちにとって、フランス革命は、少なくとも初期の段階では、待ちに待った改革であり、後に頑固な反動派と見なされるドイツ観念論のシェリングやヘーゲルでさえ、遅れたドイツを刷新する救いをそこに見出していた。しかし、当初は封建的圧制からの解放であったものが、「理性の崇拝」など非キリスト教運動を経て、公安委員会の独裁政治とギロチンの恐怖政治に転落するに至り、ヨーロッパの進歩的な青年たちに失望が広がった。

勤勉な読書家だった私は、学生時代の父のようにマルクス主義の文献を『経済学哲学草稿』から『ルイ・ボナパルトのブリュメール十八日』まで系統だって読み、そこにナポレオン三世の圧政に行き着いた資本主義の搾取体制から人間を解放しようというみずみずしい息吹きを感じた。しかし、同時に冷戦構造の中で進行する文化大革命やソ連の「収容所列島」がマルクスやエンゲルスの理想とは似ても似つかないもので、「日本のソビエト化」だとか、「毛沢東の伝記に感激した」樺美智子たちの考えにはとても同調できないものを感じ、そのフランス革命政権のジャコバン派のような大言壮語や無計画でその場限りの破壊活動には共感できなかった。

もっとも激しい嫌悪を覚えたのは、スターリンの下で文化芸術活動を指導したアンドレイ・ジダーノフの理論で、赤銅色の労働者を描き、政治局員の報告書のような文学作品や絵画しか生み出せなかった社会主義リアリズムを、ナチスによる「血と大地」(Blut und Boden)の崇拝同様にバカげた誤りと考えていた。ナチスやファシズム、またスターリン主義などの根本的な誤りは、革命的理論と実践によって「新しい人間」をつくることができると考えたことだ。

先に王朝文学への傾倒に言及したように、私はそれが古い時代に、封建時代につくられたものだからといって一概に退けることはしない。源氏物語も枕草子も花伝書も失ったら、日本の文化は安っぽい薄っぺらなものになってしまうだろう。もちろん、ジョゼフ・ド・メーストルやボナルドが称賛する絶対君主制や、また日本浪漫派が「大東亜戦争」を賛美する耽美的なパトリオティズムなど論外だが、他方、理性は不完全なものという指摘は見逃すことができないとも思った。

ドレフュス事件の際にはドレフュス大尉に同情的だった作家アナトール・フランスでさえ、フランス革命の動乱を描いた小説『神々は渇く』で、理性崇拝を掲げる革命政府が理性とはかけ離れた狂気の人民裁判で次々と民衆を断頭台に送ったことを嘆き、「人間は徳の名において正義を行使するにはあまりにも不完全」と指摘し、その指摘は私の脳裏を離れなかった。

高校生の私が『朝日ジャーナル』と『浪漫』の間を右往左往していたというのは、確かに理性的に筋道を立てて行動することは良いことだが、それが「理性の崇拝」になれば新たな偶像崇拝を引き込むことになり、人間の理性は「間違い得る」ものだと考え、躓いたら過去の経験を参照することも大切なことではないかと考えたからだった。

三　ヨーロッパ人文主義の後衛として

マザー・テレサの通訳だったシスター里見

昭和の中頃生まれたわれわれは、明治から続くヨーロッパ風の人文主義の後衛だった。文系でも理系でも、ドイツ語やフランス語を学び、ドイツの哲学、フランスの文学、イタリアの絵画、オーストリアの音楽に親しむ、旧制中学や高校と大きく変わらぬ修業時代を自明視していた。

高校時代に繰り返し読んだ愛読書は、ブルクハルトの『イタリア・ルネサンスの文化』とヨハン・ホイジンガの『中世の秋』である。ニーチェとの交友で知られるブルクハルトは、ルネサンス期の庶民から芸術家までの生き様を活写し、『中世の秋』は、男系の断絶によってハプスブルク家領に吸収される以前のブルゴーニュ公国の繁栄と落日を描いていた。

そして、ヨーロッパを形作る三つの要素、すなわちギリシア文明、ローマ帝国とキリスト教のうちで、学問や法制度や詩文などに影響を与えた古典語の文化としてだけでなく、実勢力として今日のヨーロッパでも大きな役割を果たしているキリスト教、特にカトリックの伝統と文化の強靭さに目を奪われ、大学は上智大学のフランス文学科を選んだ。

高校時代に少し独習していたものの、文法の初歩しか知らなかった私は、そこで「クレディフ」という会話する人物の絵しかない不思議な教材で簡単な会話を学んだ。当時のフランス語会話の教本は、現在のように豊富にあるわけではなく、大学の仏文科やフランス語学科、また日仏学院やアテネ・フランセでも、大抵教材は、「モージェ」と呼ばれる赤表紙の本か、当時売り出し中の教育学者による「カペル」という教科書だった。

クレディフはまるで絵本で、そのイメージと音声だけで会話文を聞き取るというかなり無茶な実験的教材だったが、何度も聞いているうちに自然と音声と活字が一致するようになった。フランスへの旅行の最中も、ときどき「ティボーさんはイタリー広場に住んでいます」とか、「技術者はいつ宇宙飛行士に会いましたか？」とか、クレディフで習った文章が、会話の文脈に関係なく、口をついて出そうになるのに困ることがある。外国語の習得とは、やはりたくさんの引き出しを作り、状況に応じて出し入れするものだろう。

ドイツ語はアイヒェンドルフの研究で有名な吉田國臣先生などに教わり、シュトルムの『白馬の騎士』やスイスの作家のデュレンマットの短編集などを読んだ。

カトリックの大学らしく、ラテン語は当時の大学院の文学研究科と哲学科と神学部の必修科目で、ラテン語はアモロス先生の『ラテン語の学び方』（南窓社、一九七〇年）で学んだ。

学生時代を思い起こすと、ドイツ語やフランス語の動詞活用の小テストのために白水社の動詞活用表を通学の電車で覚えた記憶が懐かしい。

フランス語の文法は日本人が、会話はフランス人が担当していたが、一人のフランス人教員が親が重病ということで秋学期から交代した。

もちろん、われわれはちゃんと教えてくれさえすれば、教員など誰でも良かったが、秋学期に会話を担当したのが聖心会のシスター里見だったので驚いた。まだやっと女性への高等教育の普及がメディアで取り沙汰されたような時代に、女子が大学院に行ったり海外に留学したりすることはまれで、したがって大学の教員は男ばかりだったからである。

里見先生は、当時パリ第四大学（ソルボンヌ校）に提出する学位請求論文を準備中で、博士号を取得後大学院でもクローデルの未訳エッセーのゼミでもお世話になった。大正時代の駐日全権大使でもあったクローデルの文章はラテン語風で、通常のフランス語とはかなり性質が違うので、適切な日本語に翻訳するのはとても難しかった。

ゼミ室は小さく、副手の人が花を飾っていた。ある日、その花瓶が倒れ、床が水で濡れていた。

もう少しで授業が始まるので、とっさに私はハンカチで拭いた。その瞬間に里見先生が教室に入って来られ、「あら松浦さん、ありがとう」と言われた。どうも里見先生は、こぼれた水を私が拭いたのではなく、私が花を毎回取り替えていると勘違いされているらしい。女子学生じゃあるまいし、私がそんなことをするわけがない。しかし、説明すると長くなるので、そのまま授業が始まった。

里見先生は、作家の須賀敦子と小林聖心の同窓生で、美智子上皇妃の時代の聖心で学び、粗暴な男など見たことがない。だから、男子学生でも行き届いた配慮をする者がいると勘違いされたらしい。それが理由かどうかわからないが、里見先生は何かと目をかけてくださり、「うちに教えに来ない？　人気がでるわよ」と言われた。「うちに教えに来ない？」は能力に対する評価だからうれしかったが、「人気がでるわよ」は、シスターの言う台詞ではないので、私は思わず吹き出してしまった。

数年前に亡くなられたシスター里見は、マザー・テレサが来日の際の日本側の通訳を務められ、「しのぶ会」で、私も短い追悼スピーチをした。

シスター里見が翻訳されたブライアン・コロディエチュックの『マザー・テレサ　来て、わたしの光になりなさい！』（女子パウロ会、二〇一四年）は、マザーが決してあらゆる艱難を鉄の意志ではね除けたスーパーウーマンではなく、不信の闇を何度もたどりながら信仰にたどりついた、われわれ凡人と同じ弱さを抱えていたことを余すことなく描いている。

里見先生が研究されたクローデルは、「知識、知恵」をあらわす connaissance というフランス語を「共に」(co-) と「生きる、生まれる」(naissance) に分割し、「共に生きる」すべを探ることこそ真の英知だと説いた。クローデルの難解な文章を読みすすんでいるうちに、幼稚園のガブリエル神父様にさかのぼる感傷的な思い出に知的骨格が加わり、また改めてカトリックの歴史と思想を学ぶようになった。

手探りの修業時代

昭和の高度成長期に育った私には、戦時中の座談会「近代の超克」の京都の哲学者たち、「新感覚派」と呼ばれる文学運動の中心だった横光利一の『旅愁』から哲学者の森有正の『遙かなるノートルダム』までに見られる「西欧との対決」といった大仰な問題設定はなかった。しかし、それでも父からも、教員たちからも、やはり旧制中学や高校風の独仏中心の西欧の学問や芸術を学ぶことを当然とする態度を受け継いでいた。

大学生の第二外国語の選択は、八割か九割がドイツ語やフランス語で、中国語や韓国語を取る学生はほとんどいなかった。つまり、法学部が、英米法・独法・仏法の専攻にわかれていた時代の旧套が墨守されていたのである。われわれの学生時代にフランス語やフランス文学を習った先生方のほとんどが、一高か三高、つまり東大か京大出身で、私が文法を習った田中仁彦先生もまた第一高等学校出身だった。

教材は、フランスの高校で用いられているアシェット社の文法書で、参考書としては「朝倉文法」と呼ばれる白水社から出版されている定番のものだった。今と違いそれほど多くの良書があったわけではないので、仏文科やフランス語学科の学生は、ほぼ全員がこの「朝倉文法」からモーリス・グレヴィスの『ボン・ユザージュ』(Le Bon Usage) に進んだ。この『ボン・ユザージュ』は、なにしろ一九三六年が初版の時代物だが、現代語の文法がそう大きく変わるわけはないので、現在でも改訂版が刊行され続けている。

さて、学友を布団で簀巻きにするなど「一高の暴れん坊」として知られる田中仁彦先生は、かなり破天荒な人物だった。学生と飲み歩くのを無上の喜びとし、座敷で穴の空いた靴下を指摘されると「繕わなくてこれでいいんだ、この穴が大きくなって履けなくなれば『お迎え』が来る頃だから」と言う。彦根藩の家老職の流れを汲み、朝鮮総督府の官僚の息子として生まれた田中先生は、京城中学時代に龍山中学に通っていた作家の日野啓三について、「日野は良い奴で、会うたびに心が温かくなる」と懐かしそうに語った。

父と同世代の戦中派で、中学卒業後は海軍兵学校に進み、象徴派の詩人マラルメの研究で有名で現在は歌会始の召人として知られる菅野昭正氏と同じくして、第一高等学校から東大の仏文科に進んだ。なんでも戦中戦後の混乱期は、東京大学も医学部以外はまともな試験もなく推薦で入れたという。

田中先生の時代の東大の仏文科は、加藤周一や大江健三郎が心服していた渡辺一夫と、東京駅を作った建築家である辰野金吾の長男の辰野隆が中心で、田中先生に言わせると、「渡辺一夫は、教養があるかもしれないが権威主義の俗物で、辰野隆の方がホンモノの学者。『シラノ・ド・ベルジュラック』なんて、原文より良く読み応えがある」とのことだった。まだ文体を比較できるほどのフランス語力のなかったわれわれは、「そんなものか」と思って、次から次と出てくる田中先生の漫談のような本郷の昔語りを聞いていた。

戦時中の日本は、ヴィシー政権とは大使を交換したものの、ロンドンのド・ゴール政権とは敵対するという緊張状態で留学どころではなかったので、戦後にフランス政府が日本のフランス語教員をスタージュ（研修）と称して招待し、田中先生もそのプログラムに応募し、サルトルやボーヴォワールの講演などを聴いたという。なかなかヨーロッパなど行けない時代のパリ留学時代に、田中先生は、小さな劇場を見てまわり、ユシェット座で上演されていた劇作家イヨネスコの「禿の女歌手」という作品に爆笑したという。その楽しい思い出のせいか、田中先生は、ソルボンヌの近くのセーヌ河畔にある、狭く小さなユシェット通りを大層気に入り、「トルコ人やらギリシア人やらがケバブを大声で売っている痛快な通り」に行くことをわれわれに薦めた。

もちろん、田中先生はいつも漫談ばかりやっているわけではなく、デカルトやイタリアで哲学と神学の調和を図ったパドヴァ学派、また南仏に点在する「黒マリア」の研究（『黒マリアの謎』岩波書店、一九九三年）で知られる学究で一七世紀が専門だ。ただ学部では当時流行のサルトルやカミュも扱っており、私は履修要覧の説明文にあったドリュ・ラ・ロシェルという作家への言及に目が釘付けになった。

ドリュ・ラ・ロシェルはサルトルやカミュなどレジスタンス派と対極にいた作家で、高校時代にドリュ原作の「鬼火」（ルイ・マル監督）という映画を見て以来、そのBGMのエリック・サティのメランコリックな音楽が耳から離れず、しばしば比較される第一次大戦の「塹壕世代」のドイツ作家のエルンスト・ユンガーやエルンスト・フォン・ザロモンなどとともに、ある限りの翻訳と関連書を読んでいた。日本同様、フランスの近現代にも各時代に「思想の師」というべき大きな影響力のある作家や思想家がおり、それは例えば、アンドレ・ジッドやサルトルのような人物で、モーリス・バレスも世紀末から二〇世紀初頭の青年たちを魅了した「思想の師」だった。

田中先生のレポートの課題は「誰か一人、二人作家を選んで思うところを書け」というかなりいい加減な出題で、私は保守派の大立者のモーリス・バレスとドリュ・ラ・ロシェルとの関係を、第一次大戦後のあらゆる理想を失った世代の「父なき時代」のゴッドファーザーと弟子として論じ、「松浦君、文章うまいねえ」などとおだてられた。もちろん、大学に入りたての若造が書くものなど大したものであるはずがないのだが、モーリヤック、アラゴン、モンテルランやドリュ・ラ・ロシェルなどフランスの二〇世紀文学を代表する作家たちによる「バレスという時代の師」の後継者争いとして両次大戦間を論じた拙いレポートを、「もう少し研究を深めればいい論文になる」と励ましてくださった。

「良いフランス」と「悪いフランス」

マルクス主義の哲学者アンリ・ルフェーヴルの『日常生活批判序説』（現代思潮社）の翻訳者でもある田中仁彦先生は、レジスタンスと対独協力に揺れたフランスの「暗い谷間の時代」の文学者の動向をこう説明された。

「フランスは『レジスタンスの国』と呼ばれている。しかし、北部がナチス・ドイツに占領され、南部にヴィシー政権という傀儡政権ができた時代には、対独協力派もいて、コラボと蔑称された」しかし、レジスタンスの「良いフランス」と対独協力の「悪いフランス」があったといった単純な話ではないとして、ナチスによる占領期からパリ解放直後の歴史研究がフランス国内でなぜなかなか進まないかという理由を、「歴史家たちは、占領下のフランスでいかなる政治的立場にあったかを明らかにせずに歴史を語ることができない」からだと説明された。

その一例として、一九四四年八月一九日の「パリ解放」でド・ゴール将軍に喝采を送った民衆は、またパリ占領という惨事に、ナチス・ドイツに降伏してヴィシー政権を樹立したペタン元帥を救世主として歓迎した民衆と重複していると指摘された。

日本でも翻訳全集のある高名な詩人のポール・ヴァレリーでさえ、一九四二年の「ペタン元帥頌」(『精神の危機』岩波文庫、二〇一二年、三七二頁)で、以下のようにペタンへの歯の浮くような追従を述べていた。

「つねに自分の口にする言葉の重みをはかり、話しかける人も同様に自分の言葉の重みがはかられていることを感じる、この青い瞳の泰然たる人物の命令にどうして逆らえましょう」

田中先生は、こうした錯綜した状況を「同じと違い」という言葉で示し、レジスタンス派と対独協力派がフランスの国論を二分して対立していたなどという単純な話ではなく、まず『違い』の中の『同じ』と『同じ』の中の『違い』を見極めなければならない」として、ランボー研究で有名な平井啓之氏と共訳したサルトルの『反戦の原理―アンリ・マルタン事件の記録』(弘文堂、一九六六年)を紹介された。

そのときの田中先生は、「俺の名前は『仁彦』、ドイツ語で singen だから歌うんだ」などと下らないおやじギャグを飛ばすおじさんとは別人だった。

田中先生は、サルトルの著作で扱われているアンリ・マルタン事件をこう説明された。

世界史の教科書を読むと、第二次世界大戦中、ナチス・ドイツに支配されたフランスは、ド・ゴール将軍を中心としたレジスタンスによって解放されたと書いてある。ナチスとレジスタンスの勧善懲悪の物語である。しかし、これは知的訓練に乏しい子ども向けの説明だ。

戦後の戦犯裁判で、ナチスの将兵や対独協力派が死刑や終身刑などを言い渡された。しかし、戦時中に重い罪を犯した者のなかにも、一般のフランス人には知らされないで、密かに赦免された者たちもいた。それが、このナチスの将兵や対独協力派の連中だ。彼らは、当時独立運動が高まりを見せていた仏領インドシナに派遣されることを引き替えに重罪を免れたのだ。公式のフランス史では語られない、フランスの二枚舌政策だ。

一九四五年、日本が連合国に降伏した後、東南アジアの再植民地化を目論むフランスは、インドシナ半島に派兵しようとしていた。しかし、大戦中に人員も物量も損傷したフランスには荷が重かった。そこで目をつけたのが、戦犯裁判で監獄に繋がれているナチスの将兵や対独協力派のフランス人の戦犯をリサイクルすることだった。戦犯たちは死刑判決におびえていた。そのナチスの将兵たちを「死刑を免じてやるから、ベトナム人を弾圧する手先となれ」というわけだ。誰もやりたがらない〈汚い仕事〉を連中が拒否するわけにはいかなかった。この呪われた軍隊は、「海外軽歩兵大隊」(BILOM)なるもっともらしい名前で、主に一九四九年から五〇年の間に徴募された。

インドシナに派遣された水兵のアンリ・マルタンは、「戦後意外に手強くなったベトナム独立運動は、きっと残留日本兵が背後で手を引いているに違いない。そこで残留日本兵を掃討するために派遣される」と聞かされていた。かつてナチスと同盟関係にあった憎い日本の兵隊たちと闘うのは、当然フランスの市民の義務だとアンリ・マルタンを考えた。

しかし、インドシナ半島に着いたアンリ・マルタンは、耳を疑うような歌を聞いた。残留日本兵を掃討するはずのフランス軍の陣営で、公然とナチス・ドイツの軍歌がうたわれていたのである。日本兵相手というのは、実は真っ赤な嘘で、本当は現地の人々を弾圧したり拷問したりするために派遣されたということを、アンリ・マルタンは知ってしまった。

一九五〇年五月、インドシナ半島から帰還しフランスの海軍工廠に勤務していた海軍二等兵曹のアンリ・マルタンは、当時すでに泥沼的様相を深めつつあったインドシナ戦争に反対して、反戦パンフレット、ビラ、その他を撒布したことが発覚して逮捕された。

フランス全土で、知識人やジャーナリストたちがアンリ・マルタン擁護のために立ち上がった。ナチスと闘いファシズムに勝利したことを戦後体制のスローガンとしていた共和国が、そのナチスの戦犯を利用して植民地の人々を弾圧するとは何たる二枚舌かと激昂したのである。

ベトナム独立運動の弾圧にナチスの戦犯や対独協力派がリサイクルされたという第四共和政の秘められた歴史を紹介された田中先生は、少し前まで高校生だった初学者のわれわれに、「学問とは何か？」「批判的知性とは何か？」を鮮やかな手法で示された。つまり、二〇世紀中庸のフランスには、レジスタンス派の「良いフランス」と対独協力派の「悪いフランス」があったのではなく、両者の境目は曖昧で、勝利したレジスタンス派が戦後政権を獲り、対独協力派の死刑囚を植民地弾圧に用いたという錯綜した関係を田中先生は説明されたのだ。

説明を聞いた私の脳裏には、米国映画「カサブランカ」の最後で、ナチスの傀儡であったヴィシー政権の警察官が名水と知られる「ヴィシー水」をゴミ箱に捨てるシーンが浮かんだ。米国もまた、当初はヴィシー政権と大使を交換し、途中からロンドンにいるド・ゴールの亡命政府に乗り換えた黒歴史があり、国際政治の手段を選ばない冷徹さを思い知った。

ヨーロッパにおける極右の復活

私の学生時代の驚きは、ヨーロッパ、特にフランスにおける極右の復活である。

先にアンリ・マルタン事件に関して、フランスのベトナム支配の欺瞞性について言及したが、第一次インドシナ戦争（一九四六～五四年）に派遣され、帰国後はピエール・プジャードの急進的なポピュリスト運動に参加するのを皮切りに、一九七二年「国民戦線」を結成して右翼諸派を糾合したのが、ジャン＝マリー・ル・ペンである。

ピエール・プジャードは、ナチス占領下のパリで、元共産党員のジャック・ドリオの「フランス人民党」（ＰＰＦ）に属し、対独協力に狂奔していた。「レジスタンスの国」フランスにおいて極右が復活し、ル・ペン率いる国民戦線がパリ郊外の「赤い環状地帯」と呼ばれた共産党の票田を侵蝕し徐々に奪って行った。

これは、以下の二つのことを意味していた。

① 旧ソ連の「収容所列島」の実態が明らかになり、東欧の独裁体制への嫌悪感が広がり、またナチス占領下で対独協力に腐心していた極右への警戒心が薄らいだこと。

② 敗北したナチスと同一視され、長らく戦後のフランス政治の周辺部に逼塞し「極右」と一括りにされた「もうひとつのフランス」への再考が求められているということ。

私が関心を持ったのは主に②の問題で、そこから「レジスタンスが正しく、ナチスやファシズムが間違っている」という教科書的な総括では見えない、フランスの知的・社会的暗部への手探りが始まった。当時レジスタンスを称賛する文献は山ほどあったが、ヨーロッパの作家や知識人たちに及ぼしたデモーニッシュな影響力をナチスやファシズムが行使していたのはなぜかと問う研究はほとんどなく、そうした問いそのものが不謹慎なものとして封殺されていた。

このナチスやファシズムと知識人との関係を扱った当時数少ない研究書が英国の歴史家のオルステアア・ハミルトンによる労作（Appeal of Fascism：A Study of Intellectuals and Fascism, 1919-45）で、一九七一年に刊行され、一九七三年にガリマール社からフランス語訳が出版された。私が手にしたのは仏語版で、たまたまフランス図書から送られて来たカタログに載っており、「ファシズムの幻影」というタイトルに興味を惹かれたので注文したものだ。

まだ文献が整備されていない時期に、ハミルトンはファシズムがヨーロッパの知識人を魅了した広範な影響力をよくまとめて提示し、特に巻末の参考文献が役に立った。T・S・エリオットからクヌート・ハムスンのようなノーベル賞作家、ハイデッガーからエルンスト・ユンガー、ゴットフリート・ベン、マリネッティからクルツィオ・マラパルテ、ドリュ・ラ・ロシェルからルイ＝フェルディナン・セリーヌまで、まばゆいばかりの知的選良たちがナチスやファシズムに送った称賛には驚くほかはなかった。

ハイデッガーは、ハイデルベルク大学における「新しい帝国の大学」という講演において、「ヒューマニズムやキリスト教の考えによって窒息させられることのないナチズムの精神を体し、仮借なき戦いがなされねばならない。そして戦いは、民族の宰相ヒトラーが実現する新しい帝国の諸勢力を結集して行われる」などとナチズムを礼賛していた。

当時はまだロバート・パックストンやマイケル・マラスら北米の研究者たちによるヴィシー政権や対独協力に関する労作もなく、ハイデッガーの反ユダヤ主義を如実に示す「黒いノート」も明らかにされていなかった。そこで私は、まずハミルトン本の巻末にある英独仏語の文献を集めることから研究を開始した。

渋谷にある大型書店「大盛堂」の地下にはアルバンという軍装店があり、物騒なものを売っていたが、そこでヒトラーの『我が闘争』の原版を入手した。表紙を開くと、英語で「ベルリンの検問所チェックポイント・チャーリーで没収」と書いてあった。このアルバンにはまた、「ムッソリーニ演説集」だの「武装親衛隊軍歌集」など穏やかならざるカセットテープも販売されていた。出版元はSERP、これはル・ペンの「国民戦線」のメディア部のことで、フランスでの発禁を恐れてベルギーの出版社から刊行ということになっていた。戦後三〇年を経て、またヨーロッパ・ファシズムがその醜い鎌首をもたげて来た。

『朝日ジャーナル』の左翼やリベラルの知識人たちのクリアカットなデカルト的合理精神に惹かれる一方で、普遍的な公理に基づく論理的証明で取りこぼす情念や非合理に引きつけられる人々が必ずしも、愚かでも教養に欠けるとも言えないという、この人間の精神の深淵をかいま見せるデモーニッシュな問題に関し、私はそれが「どうでもいい」とは思えなかった。

高校時代に、橋川文三を通して知った「日本浪漫派」の作家や詩人たち、知性にも教養にも欠けないエリートたちが、なにゆえ不合理で道理に合わない、まがまがしいものに魅了されていったのか？　この高校時代からつきまとう疑問に導かれた私は、ドレフュス事件とそれを契機に結成された右翼組織「アクシヨン・フランセーズ」周辺の作家や知識人を追っていった。

バレスやシャルル・モーラスの名前は、高校時代から知っていたが、まず木下半治の『フランス・ナショナリズムの史的考察』（有斐閣、一九五八年）など古典的研究書から始め、ドレフュス事件からヴィシー政権までの思想と歴史を丹念に調べ、特に、シャルル・ペギーや『悪魔の陽の下で』の原作者のベルナノスのようなカトリックの著述家やドリュ・ラ・ロシェル、ブラジヤック、ルイ＝フェルディナン・セリーヌなど対独協力派の作家たちの著作を読んでいった。

ちょうど国書刊行会から『セリーヌ著作集』が刊行され始め、翻訳責任者の高坂和彦先生から依頼があって、青土社の文芸雑誌『ユリイカ』のセリーヌ特集号（一九九四年一〇月号）に作品の解説などを書いたりしていた。もちろん、私は右翼ではなく、保守派でさえなく、反動思想やファシズムへの関心は、日本の特定の左右の政治潮流とは直接結び会うことはなかった。

四　知と行の一致

ベルナデット・スビルーとルルドの泉

井関農機を退職した父は、浦安市の国際交流課で語学講座を開いたり、留学生の世話をしたりするボランティアをしていたが、その間にも持病のリウマチが急速に悪化していった。

当時私は、フランス語の非常勤講師をしていた東京女子医大で「治験」の委員の委嘱を受けた。薬害エイズ事件以来、厚生省が「治験」の改組に乗り出し、専門委員以外に実際に薬を服用する一般人の視点も必要だということで、非専門委員の一人に任命されたわけである。

月に一回のペースで開催される「治験」の委員会に参加し、女子医大に良いリウマチ医がいることを知って父に受診を勧めたが、父のリウマチはもはや立ち上がることもできないほど進行し

聖地ルルド

ていた。刻一刻打つ手がなくなり、リウマチ治療には免疫抑制剤が含まれているので、父は風邪などもよく引くようになった。

そのとき私の脳裏には、幼稚園のときに習った「あめのきさき」というルルドの聖母を讃える聖歌が浮かんだ。

一八五八年、ちょうど日本の幕末にあたる時期に南仏のルルドにご出現になった聖母マリアの指示でベルナデット・スビルーという少女が発見した泉による難病治癒の奇跡は、今日あまりにも有名である。

ちょうど四ツ谷駅の近くのドン・ボスコ社というカトリック系の書籍を扱う店で、ルルドの水が空輸されているのを思い出した。

結局、その水は父には薬効はなかったが、多くの病める人々の救いのきっかけをつくったベルナデット・スビルーに非常に興味を惹かれた私は、ノーベル医学生理学賞を受賞したアレクシス・カレル博士の有名なルルド巡礼記、オーストリアのユダヤ系作家フランツ・ヴェルフェルの有名な伝記（後にヘンリー・キング監督が映画化）など日本語とフランス語の評伝を次々と読んでいった。

そして、ほとんどの人が注目しない少女をめぐるある挿話に目を見開いた。

「神さまはフランス人だから、プロシア人だからと差別などしません」

「ルルドの泉」の奇跡で有名になったベルナデットは、世間の好奇の目から保護しようという司教の配慮でフランス中部のヌヴェールの修道院に匿われ修練を始めていた。

一八七〇年、フランスとプロシアとの戦争が始まった。ヌヴェールの女子修道院からもシスターたちが看護婦として従軍した。しかし、上流階級出身の深窓の令嬢たちは、負傷兵を見て恐れおののき尻込みをした。そのときベルナデットが言い放った。

「あなたたちは、それでもヌヴェールの娘ですか？ 恥を知りなさい！ 負傷兵が汚ければ汚いほど一層愛すべきなのです」

それまで「字も読めない田舎娘」と蔑んでいた修道女たちは、ベルナデットのことを深く尊敬するようになった。

王党派で『ユダヤ人、ユダヤ教およびキリスト教民衆のユダヤ化』の著者として知られる反動

聖母マリアが出現した洞窟

的な作家、グジュノー・デ・ムソーが、対独復讐心とナショナリズムにベルナデットを政治利用しようと近づいてきた。ベルナデットは「私はプロシア軍を見たくはないのですが、恐れてはいません。神はどこでも同じ方ですからね。プロシア人の間にもいらっしゃるでしょう」と述べ、神がフランス人だけを愛しプロシア人を憎むなどあり得ないと、フランスの国家主義に利用しようとした作家の申し出を退けた。

フランス中が、学校教育を受けたことがないベルナデットが、どうして高名な学者やジャーナリストをきりきり舞いさせる知性を持っているのかと驚いた。

ルルドの奇跡に関する調査の際に、「どうしておまえが聖母に会う栄光に与ったと思うか」という質問に対して、ベルナデットは「わかりません。多分、私がもっとも無知で、もっとも貧しかったからかもしれません」と答えた。調査に立ち会った司祭たちは、その完璧な謙譲に驚き、高齢の司教は「見たか、あの娘を……」と感動のあまり言葉を失い涙したという。ルルドの乙女の名声を政治利用しようとしたナショナリストをきっぱりと退けたベルナデットの決然たる態度に、私は超保守派の組織「オプス・デイ」から左翼的な南米の「解放の神学」に至る思想的多様性を思い、あらゆる党派性を超え、それらすべてを包み込むカトリシズムの豊かさに深い感銘を受けた。

シェガレ神父様の思い出

ちょうど四〇歳の頃、私はパリ外国宣教会の日本管区長のオリヴィエ・シェガレ師からカトリック信者になる洗礼を授かった。

わが家の家宗は父方も母方も曹洞宗で、家の伝統を重んじる日本の家庭では「墓はどうする」から始まって色々と揉めるのが常だが、カトリックの幼稚園から始まって最後にカトリックの洗礼を受けることになったことに、父は「アーメンから始まりアーメンに終わる」とただ笑っていた。

シェガレ師は、長らく東大、早稲田と上智大学のカトリック学生会の指導司祭で、聖書研究会を主催されていたので、多くの日本人の弟子がおり、この「日本の知的な若者たち」との対話を楽しまれていた。

数年前のツイッターでのやりとりで、高名なイスラム学者の中田考先生もシェガレ師が主催していた「駒場聖書研究会」に参加していたことを知って驚いた。そう言えば、シェガレ師は、「私が熱心に教え、てっきりカトリックになってくれるものと思っていたのですが、『どうも三位一体論はしっくりきません』と言って、イスラム教徒になって、なんだかエジプトの方で偉いさんになってるみたいですよ」とおっしゃっていた。カイロ大学で博士号を取得された中田孝先生は、同志社大学で長らく教鞭を執られ、日本人になじみの薄いイスラム教の理解を普及するために尽力されている。

オリヴィエ・シェガレ師（出典：カトリック横浜司教区ホームページより転載）

私がシェガレ師に初めてお会いしたのは、神父が板橋区の志村カトリック教会の主任司祭時代だ。志村教会の建物は元々は信者のための集会所に過ぎない信徒会館で、およそ教会らしい装飾がなく質素な建物なので、当時近くに引っ越して来た私は、何度も周囲を行き来して、やっと屋根の上に小さな十字架を見つけた。日本語以外に英語やフランス語の本がたくさんある部屋に通されると、初対面だったが二時間くらい話し込んだ。

シェガレ師は、最初から司祭になろうと思ったのではなく、パリ大学で社会学を学んでいた頃は好きな女性がいたという。ところがこの深い精神性を持った女性は、シスターになるために女子修道院に入ってしまった。シェガレ青年は、苦悩の末に、この世で結ばれないなら、信仰の世界で側にいたいという、映画「ブラザー・サン、シスター・ムーン」のようなロマンチックな動機で司祭になることを決めた。シェガレ家は元々ノルマンディー出身の熱心なカトリックの一族だったが、これには周囲も驚いたという。

何事も徹底しなくては気が済まない生真面目なシェガレ青年は、パリ・カトリック学院で本格的に神学を勉強することにした。そこにやたらにフランス語が達者な東大からの留学生がいた。それが、後にドミニコ会の司祭になり、駒場で旧約聖書学を講じる宮本久雄師（ドミニコ会司祭で後に東大名誉教授）だった。若き時代のシェガレ師は、宮本青年と対話を続けるうちに、自分の祖先の故地であるバスク地方出身のフランシスコ・ザビエルが日本人を絶賛していたのを思い出した。シェガレ（Chegaray）という姓は元々フランスにはない名前で、バスク時代の祖先は「エチェガレライ」（Echegaray）と名乗っていたが、ノルマンディー地方に移住するにあたり、頭韻を除いてフランス風に改名したという。

二人の青年の指導教授は、スタニスラス・ブルトン。ブルトンは、マルクス主義哲学者のルイ・

アルチュセールの推挙で、高等師範学校（サルトルの出たエコール・ノルマル・シュペリウール）で初めてのカトリックの教授になった。ブルトンの専門は、二〇世紀ドイツの哲学者フッサールの現象学や一四世紀の神学者のマイスター・エックハルトなどで、京都の哲学者たちとも交流があった。

スタニスラス・ブルトンと言えば、当時の私は、現象学に関する論文集の翻訳（リチャード・カーニー編『現象学のデフォルマシオン』現代企画室、一九八八年）を読んだくらいで、詳しく知らなかったので、エックハルトに関する著作を注文し、前から興味を持っていた、ディオニシウス・アレオパギタから、ニコラウス・クザーヌス、エックハルトに至る否定神学を学び、それがジャック・デリダなど現代思想の潮流ととても発想が似ていると感じた。否定神学とは、神の本質は人間が思惟しうるいかなる概念にも当てはまらない、すなわち一切の述語を超えたものであるから、「神は～でない」と否定表現でのみ神を語ろうと試みる方法論のことである。

そして否定神学とフランスの現代思想の学びを通して、以前からプロットの一貫性や心理描写が抜け落ち「ヌーヴォー・ロマンの先駆」と言われるだけだったベルナノスの大作『ウィーヌ氏』の生成過程を突き止めることに成功した。その成果は、日本の学会で発表し、フランスの研究誌にも掲載されたが、内容が込み入っているので、一般の反響はあまりなかった。

しかし、私が突き止めたかったもう一つのことは、元々「アクシヨン・フランセーズ」という右翼団体の闘士だったベルナノスがどうして反ユダヤ主義を克服し、抗独レジスタンスに合流したかということで、私にとって「学ぶこと」と社会的な「実践すること」は、別の二つのことではなかった。

実にあうべき人と会い、人生は、まるで神によってあらかじめ書かれたシナリオのように進行していた。

ドレフュス事件研究会

一九九四年は、ちょうど先述したドレフュス事件から一〇〇周年になるというので、ミシェル・ドルアンの『ドレフュス事件 AからZまで』（フラマリオン社）という浩瀚な辞典を翻訳しようということで、マラルメやフランスの教育問題の研究で有名な早稲田大学の岡山茂氏などからお誘いを受けた。研究会には、東京学芸大学の荻野文隆氏（一九世紀の作家エミール・ゾラの研究者）や慶應義塾大学の堀茂樹氏（アゴタ・クリストフの『悪童日記』の名訳者）、精神分析学のジュリア・クリステヴァの指導で学位を取られたジャック・ラカン協会の大原知子氏などもおり、活発な議論が続いた。

フランス革命以前は、ゲットーに閉じ込められたり、宮廷ユダヤ人として王室の財務に携わっていたユダヤ人は、ルネサンス期から近代ブルジョワ社会の勃興期の間にいち早く資本主義という新しいシステムに順応し、英蘭の東インド会社を支え、銀行業に従事し、パーリア（被抑圧者）の立場から、ヨーロッパのキリスト教徒と対等ないしそれを凌ぐ社会的地位を占めるようになった。この時、古代から中世までの宗教的反ユダヤ主義に、経済的反ユダヤ主義が付け加わった。

さて、差別や偏見の問題を考える上で、しばしば見落とされるのがこの経済的要因で、日本における「在特会」などのレイシズムも例外ではない。二一世紀になってなぜ中国や韓国・朝鮮人へのレイシズムが異様な高まりを見せたかは、前世紀まで問題にもならなかった中国や韓国の企業が日本企業を脅かす存在になったことと不可分である。例えば、『日米開戦の人種的側面』（渡辺惣樹訳、草思社、二〇一二年）の著者カレイ・マックウィリアムスは、第二次世界大戦中、日系アメリカ人がカリフォルニアのマンザナーの強制収容所に収監された理由に、勤勉な日系人から土地や家屋を奪う底意があったことを、当時の新聞記事を引用して実証している。

それまで下位にいると思っていた対象が「対等のライバル」として競合する勢いを得たときレイシズムは激化するのである。アメリカと言えば、一九六〇年代になってやっと公民権を得た黒人への差別が有名であるが、奴隷として南部のプランテーションで使役されていた黒人への差別と戦時中の日系人への差別には、また違った理由があったのである。

「人の上に人をつくる」——福沢諭吉の優生学的イデオロギー

日本の最高額紙幣の肖像の福沢諭吉が人知れず退場し、渋沢栄一に変わるという。福沢諭吉といえば、誰しも『学問のすゝめ』の天賦人権論を想起するだろう。しかし、同書の三年後の一八七五年六月に書かれた「國権可分の説」には、「百姓車挽の學問を進めて其気力を生ずるを待つは、杉苗を殖へて帆柱を求めるが如し」（百姓や車引きが学問に精進するのを待つのは、杉の苗を植えて船の帆柱が生えてくるのを待つのと同じで無駄）と下層階級をさげすみ、「『ニウトン』は亜米利加の内地に誕生す可らず。蝦夷の土人は『アダムスミス』を生むこと能わず」（ニュートンがアメリカ先住民からは生まれて来ないのと同様、北海道のアイヌ人がアダム・スミスのような学者になれる能力があるはずがない）と主張し、その理由を「人間の智力は其體力に等しく世々に伝えざれば進む可きものに非ず。性理に於て明白なり」と述べている。つまり、「人間の智力」は体力同様に遺伝するものであるという、『掌中萬國一覧』と同様の人種主義的発想を披瀝しているわけである。『掌中萬國一覧』とは、一八六九（明治二）年に福沢が刊行した小冊子で、世界各国の人口、人種、文明の程度、言語や政治形態などの概要が記されていた。この『掌中萬國一覧』で福沢は、「白皙人種皮膚麗シク、毛髪細ニシテ長ク頂骨大ニシテ前額高ク容貌骨格都テ美ナリ其精心ハ總明ニシテ文明ノ極度ニ達ス可キノ性アリコレヲ人種ノ最トス」などと手放しの白人礼賛をしていた。

「人の能力は天賦遺傳の際限ありて、決して其の以上に上がるべからず」という福沢的な「系統論」からすれば、極貧家庭から世界的な学問業績を達成することはあり得ないわけだが、福沢の主張の馬鹿げていることは、子どもでも知っている野口英世の例を考えればわかるだろう。

一八八二年になっても、「遺傳之能力」（『時事新報』三月二五日）において、福沢は「北海道の土人の子を養て之を学ばしめ、時を費やし財を捐てゝ辛苦教導するも、其成業の後に至り我慶應義塾上等の教員たる可らざるや明なり。蓋し其本人に罪なし、祖先以来精神を錬磨したることなくして遺伝の智徳に乏しければなり」と述べている。福沢によれば、アイヌ人は遺伝形質が劣っているのだから、時間や金を費やして教育しても慶応の上等の教員にはなれないそうである。この差別的な教育観にこそ、福沢の優生学的発想が端的にあらわれていると言えるだろう。

教育課程審議会会長だった三浦朱門は、魚屋の息子で「中央官庁の局長」になって「全然楽しくない、魚屋をやらせておけばよかった」と愚痴る母親の不幸を例に挙げ、ジャーナリストの斎藤貴男のインタビュー（『機会不平等』文藝春秋、二〇〇〇年）に対してさらにこう答えている。

「学力低下は、予測しうる不安と言うか、覚悟しながら教課審をやっとりました。いや、逆に平均学力が下がらないようでは、これからの日本はどうにもならんということです。つまりできん者はできんままで結構。戦後五〇年、落ちこぼれの底辺を上げることにばかり注いできた労力をできる者を限りなく伸ばすことに振り向ける。百人に一人でいい、やがて彼らが国を引っ張っていきます。限りなくできない非才、無才には、せめて実直な精神だけを養っておいてもらえばいいんです」

「遺傳之能力」なかで、福沢は、「人民一般に普通の学を奨励して之を智徳の門に入らしむの傍に、良家の子弟をば特に之を撰て高尚に導き、其遺伝の能力を空ふする無からんことを我輩の最も希望する所なれ」と述べている。

つまり、福沢と三浦では、「蝦夷（北海道）の土人」のところが「魚屋」にかわっただけで、「百人に一人でいい、やがて彼らが国を引っ張ってい」くであろうエリートを育成し、後は「普通の学」だけを学んでおけばよい、元々素質のない者を教育しても、時間と金が無駄だというわけである。

福沢や三浦朱門の主張は、優生学的イデオロギーにもとづいている。

一九八〇年度の学習指導要領から施行された、いわゆる「ゆとり教育」が、一九九〇年代を通じて猖獗を極め、小学校から高等学校まで日本の教育現場を荒廃させている最中、すなわち日本の経済から教育に至るあらゆる分野が弱肉強食の市場原理に席巻されようとしていた一九八四年に、最高額紙幣に福沢諭吉の肖像が採択されたのは、決して偶然ではないのである。

そして、小学校で金融教育やプログラミングが科目に組み込まれ、「徳義が利便の方便として」、つまり教育上の義務がカネ儲けの口実として利用され、学びが単に蓄財や栄達の手段でしかなくなると福沢を厳しく批判していたキリスト者の内村鑑三の懸念が、いまや現実のものになってしまった。

修学旅行から帰った朝鮮学校の生徒への官製のいじめ

いかなる政党にも政治団体にも属していない私が、レイシストや差別団体への抗議活動によく参加していたのは、キリスト者として「正義の業を行い、寄留の異邦人、孤児、寡婦を救え」という預言者エレミアの言葉を実行するためである。

しかし、もちろん動機は一つだけではない。それは「在特会」などレイシストによる在日韓国・朝鮮人への終わらない差別的処遇が、人道に反するだけでなく、日本の名誉を傷つけ、国際的地位を低下させるからでもある。特に在日朝鮮人に対する差別は陰険で、それはチマ・チョゴリを着た朝鮮学校の女生徒への嫌がらせから、ついに平壌への修学旅行で持ち帰ったおみやげまで取り上げるという暴挙まであったのだ。

二〇一八年の夏、神戸朝鮮高級学校の生徒六二人が修学旅行での訪朝を終え、北京経由で関西国際空港に到着した際、税関職員が生徒のかばんを開け、おみやげなどを没収した。そのおみやげは、絵葉書やクッションや民芸品など高校生たちのささやかな小遣いで購入した思い出の品に過ぎない。そんなささいな物が、どうして日本の安全保障上の脅威になるというのか？

私は在日でなく、また在日韓国・朝鮮人の友人知人も数えるほどしかいないが、日本で教育に携わる者の一人として、この「国家による子どもへのいじめ」ともいうべき暴挙を到底ゆるすことはできなかった。もちろん、朝鮮学校への差別の最大のものは、民主党政権時代に他の外国人学校と同様に「無償化」、つまり学費援助することになっていた朝鮮学校を、自民党政権になって下村博文文科相が対象からはずしたことである。

桐生いじめ自殺事件でフィリピン人女児が遺した自画像

二〇一〇年一〇月二三日の昼頃、フィリピン人の母親を持つ小学六年生、上村明子さんはカーテンレールにマフラーを掛け自殺した。

明子さんは絵画や習字が得意で何度も優秀賞を受賞した。この絵からも小学生らしからぬしっかりした画力が伝わってくる。ただ、この年齢の女の子にふさわしい快活さも笑顔もまったくない。背後の鉄棒には人影らしいものが一度描かれ、消されている。

給食では一人ぼっちにされ、上履きに画鋲を入れられ「死ね」と書かれて捨てられ、プールに突き落とされ、消しゴムのかすを食べさせられた。それでも、校長はいじめは「気のせいだ」と言い放った。クラスは学級崩壊状態で、校長に改善を訴えても「気のせいだ」と言われ、壁には「希望の春」の明子さんの習字の受賞作が虚ろに掲示されていた。

上村明子さんが遺した自画像（写真提供：桐生いじめ裁判を支える会）

この事件を知り、私は預言者エレミアが救えと命じた「寄留の異邦人、子ども、女性」という三つのカテゴリーが上村明子さんに輻輳していることに改めて思い至り戦慄した。そして、神奈川県の高校で教員をされていた舟知敦先生（現在は全国在日外国人教育研究協議会会長）に誘われて、明子さんの損害賠償にかかわる裁判を「支える会」に参加させていただいた。

「困っている人を助ける者が世の中で一番偉いんじゃ」

「たくさんカネを持っている者が偉いんじゃない。心がきれいで、困っている人を助ける者が世の中で一番偉いんじゃ」と幼い私に父が繰り返した言葉は、ずっと私の心に残っていた。そして、気がつくと、私は同じことを自分の息子に言っていた。

中学校に通っていた息子が、ある日体育の授業のために教室で着替えをしていた。そのとき息子は、級友の腕のあざに気づいて驚き、「それどうしたんだ？」と尋ねると、「父さんが叩くんだ」と答えた。それほど親しくはなかった級友自体が多少暴力的だったが、息子は「暴力を振るう子どもは自分も暴力を受けて育ったという例が多い」という私の言葉を覚えていた。息子は、級友が受けた虐待が気になって、一人で職員室の担任に相談に行った。担任は「あざを見た」という証言を重視し、次の日に級友の父親が呼ばれ、午前中は自習となった。

その父親は悪人ではなかった。料理人として働いており、若い頃から自分も失敗したらフライパンなどで叩かれて育って、それが普通のことだと思っており、子どもが苦しんでいることを知らなかったという。一週間くらいすると級友が、息子に「ありがとう。父さんがこの前風呂で散髪してくれたんだ」とうれしそうに言っていたという。

亡父が幼い私を諭した言葉は、私の息子にも確実に伝わっていた。

教員になってから長らくご指導いただいている教育学の天野隆雄先生は、版を重ね一七刷も増刷された名著『教育原理』の中で以下のように述べられている。

「学校教育と同じく、口先ばかりで注意を与えてもそれがどんなに無力なものであるかは、いったん親となった者ならば何よりも熟知するところだろう。すべからく親は子どもに対して首尾一貫した実践的態度を守らなければならない」

人間の五感の中で一番最後まで衰えないのは聴覚ではないかと思う。誰しも姿形は、幼い頃から青年時代そして壮年から老年と歳を重ねると変化して行く。しかし、人間の声は大きくは変わらない。父の声の調子、話し方、アクセントは、いまでも私の脳裏から離れない。

イエスの十字架の意味

われわれの住む社会でいつまでも終わらない暴力やいじめはなぜ起こるのか？

その問いにもっとも的確に答えているのが聖書である。

キリスト教の入門書などを読むと、「イエスは人類の罪を償うために十字架にかけられた」などと書いてある。しかし、このような説明はすでにキリスト教信仰を受け入れている者にしか説得力のない説明である。なぜなら、「罪」とか「償う」とかそれ自体多くの説明を要する言葉が自明の前提となっているからだ。

しかし、聖書の大部分は現世の出来事が語られているのであって、もちろん、来世とか復活とか奇跡以外の部分は、言語学や社会学や文化人類学の用語でも説明できるし、それはまたそうしなければならない。

イエスの十字架刑は、社会を立ち上げるときに生じる原初の〈暴力〉について語っているのである。共同体が生起するには、多数派による満場一致の〈暴力〉がそこにある。まず、たかが「ナザレの大工の息子」ごときが自分たちより民衆に影響力があることが気に入らない神学者たちが、民衆を焚きつけてイエスを迫害させる。

しかし、ユダヤ属州の総督のピラトが尋問してもイエスには何ら罪状は見つからない。そこで、殺害に直接加担したくないピラトは、イエスを民衆に引き渡し、イエスは、憎悪と悪罵の只中でゴルゴタの丘を登り十字架刑に処せられる。

稲妻が光り、神殿の垂れ幕が引き裂かれ、人々は恐れおののいたが、奇跡は何も起こらなかった。しかし、イエスの処刑を見物に来た人々から警護する百人隊長は、人間的悲惨の極みで亡くなったイエスを見て、「この方は本当に神の子」であったと回心した。強大で権勢並びなきローマ帝国の下僚である百人隊長は、このときはっきりと現世の体制が〈悪魔〉の秩序であることを見抜いたのだ。

聖書は、まさに〈悪〉は迫害する群衆にあり、一人を〝生け贄の山羊〟にし多数派の結束を図ることによって成り立っている「犠牲のシステム」をあらわにし、その神話を解体しているのである。

〈悪〉の解明は、最初の福音書の記者マルコによる有名な「ゲラサの悪魔憑き」のエピソードにも端的にあらわれている。悪霊に取り憑かれた男に、イエスは「名は何というのか」と尋ねる。それに対して、男は「名はレギオン。大勢だから」と応えている。新共同訳の聖書では、主語が省かれているのでわかりにくいが、この個所の原文は、「私の名はレギオン」という単数主語で始まる同じ声がすぐさま「われわれは大勢だから」と述べる破格の構文で記述されている。

このように聖書における悪霊は「多である一」という性格を持っている。また、ギリシア語で書かれたこの文に、キリスト教徒を迫害するローマ帝国の軍単位を示す「レギオン」（英語で「軍団」を意味する"legion"の語源）というラテン語由来の語を挿入して、注意を喚起していることも見逃すことができない。

「ねたみ」がイエスを殺した

旧約聖書の「知恵の書」（二章二四節）には「悪魔のねたみによって死がこの世に入り、悪魔の仲間に属する者が死を味わうのである」とあり、またユダヤ属州総督ピラトがイエスの処刑をためらった理由が「祭司長たちがイエスを引き渡したのはねたみのためだとわかっていたからである」（マルコによる福音書、一五章六節）とあるように、聖書でもっとも強く非難されている対象がユダヤ人であるというのは、聖書の誤読である。

聖書で一貫して非難されている最大のものは、ユダヤ人であろうがあるまいが、人間に普遍的に起こりえる「ねたみ」の働きなのである。

祭司長がイエスに「ねたみ」を抱いたのは、自分たちが得たいと思っている民衆への絶大な影響力をイエスが所持していると考えたからである。そして、自分にはなく他者が所有していると想像されるカリスマ性にたいする競合的な摸倣、すなわちカリスマ性をわがものにしたいという欲望による模倣は、告発と暴力の応酬を生みだし、「十字架につけろ」と激高するイエスを迫害する群衆の間にたちまち蔓延してしまう。群衆たちは、その疑惑と怨恨と憎悪の応酬のなかで、外部からは一人一人の見分けがつかなくなった分身のように、互いに似通ったものになってくる。

聖書のなかの悪魔とか悪霊とか呼ばれているものは、尻にしっぽが生えた怪物などではなく、「ねたみ」による競合的摸倣、つまり自分には欠けており相手が持っていると考えるものをわがものにしたい嫉妬が生み出す鏡像的な分身状態のことであり、その数は「多」であるが互いにあたかも同じ仮面をかぶったかのような「一」をなしている。

マルコによる福音書の「レギオン」(軍団)という語が意味するものは、まさにそのことであり、ジュネーヴ大学のジャン・スタロバンスキーは、この「レギオン」に関して、適切にも「軍団、敵軍、占領軍、ローマの侵略軍、そしておそらくはキリストを十字架につけた人々をも意味している」(「ゲラサの悪魔憑き―マルコ福音書五章一~二十節の文学的分析」、『構造主義と聖書解釈』ヨルダン社、二〇三頁)と指摘している。

キリスト教に関する概説書などには、イエスは人類の罪を贖うために十字架に掛けられたなどとよく書いてある。しかし、こういう説明は、あまりに抽象的であり、すでに信仰を受け入れている者にしかわからない。しかし、新旧約聖書を通して非難されている最大のものが何かを考えれば、イエスの架刑の意味は明解である。

聖書がもっとも強く禁じているものは、「ねたみ」による競合的摸倣によって生み出された分身の群れに、すなわち迫害する群衆に身を投じてはならないということである。イエスは、その死によって、神への自己奉献によって、競合的摸倣、すなわち「ねたみ」によって発生する迫害と犠牲のメカニズムを明らかにし、こうした迫害的思考を自分で最後のものとして廃棄するため、人間的悲惨の極みのなかで十字架の死を選んだのである。

「姦通の女」とは何を意味するのか？

聖書をよく読んでみると、この「一人を犠牲にする暴力による連帯」の欺瞞性を暴くイエスの十字架の死と同じ構造が繰り返されていることがわかる。

その中でももっともよく知られている、「姦通の女」のエピソードを挙げてみよう。律法学者とパリサイ派の人々が、姦通の現場で捕らえられた女を連れて来た。パリサイ派とは、紀元前二世紀のマカベア戦争直後から紀元一世紀頃にかけて存在したユダヤ教の律法を厳格に守る一派である。

律法学者とパリサイ派の人々は、女を真ん中に立たせ、イエスに言った。

「先生、この女は姦通をしているときに捕まりました。こういう女は石で打ち殺せと、モーセは律法の中で命じています。ところで、あなたはどうお考えになりますか」イエスを試して訴える口実を得るために、こう言ったのである。イエスはかがみ込み、指で地面に何か書き始められた。しかし、彼らがしつこく問い続けるので、イエスは身を起こして言われた。

「あなたたちの中で罪を犯したことのない者が、まず、この女に石を投げなさい」そしてまた、身をかがめて地面に書き続けられた。これを聞いた者は、年長者から始まって、一人また一人と、立ち去ってしまい、イエスひとりと、真ん中にいた女が残った。

（ヨハネによる福音書八章三～九節）

ここでは、イエスを十字架にかけようとした群衆のところに律法学者やパリサイ派の人々がいて、十字架のイエスの個所に「姦通の女」がいるが、暴力と猜疑心にとらわれた群衆と犠牲にされる一人という同じ構造が見られる。そして、「モーセの律法」を根拠に、つまり法的秩序を盾にして、石打ちの刑を正当化しようという多数派とまさに殺されようとする一人の女がある。

律法学者は、イエスを「訴える口実を得るために」この石打の刑の実行に関して「あなたはどうお考えになりますか」と問う。そこで、律法学者の罠を見抜いているイエスは、「あなたたちの中で罪を犯したことのない者が、まず、この女に石を投げなさい」と答え、律法学者たちの問いそのものを解体し無効にしたのである。

「人を裁くな。あなたがたも裁かれないようにするためである」という聖書の個所を単に道徳的訓戒としてのみとらえるならば、その読み手は、この石打の刑の個所とイエスの十字架が同じ構造を持っていることを見逃している。

この二つの場面は、何を言おうとしているのか？

それは、一方に「迫害する群衆」を置き、もう片方に「犠牲にされる一人」を置き、その一人の犠牲によって多数派の結束を維持する秩序の欺瞞性を告発しているのである。聖書におけるイエスは、まさにこの偽りの秩序の欺瞞性を見抜き、迫害する群衆に正当性がないことを人々にさとらせようとしているのである。そしてイエスは、「わたしは世の光である。わたしに従う者は暗闇の中を歩かず、命の光を持つ」と述べ、パリサイ派の人々の盲目と欺瞞性を非難し去って行く。

静寂と沈黙の方へ

小学校から金融教育とプログラミングがカリキュラムに組み込まれた現代の日本社会は、テクノロジーに急き立てられ、絶えず動き回り、絶えず音声を発することによって時間と空間を飽和させようとしている。われわれがインターネットに何か書き込むと、ただちに趣味が解析され、

ＳＮＳにはわれわれの嗜好に沿った商品の宣伝や広告が闖入してくる。

現代社会を支配する生産と消費の論理に従えば、静寂や沈黙は生産性を生まない怠惰であり、自民党の柳沢伯夫元厚労相は「女性は産む機械」と言ってのけ、杉田水脈衆院議員は「ＬＧＢＴには生産性がない」などととりわけ同性愛者への差別を扇動した。

われわれは子ども時代から生産ラインに組み込まれ、疲労困憊するまで働かされ、購買力によって人間の値打ちが決められる。

私にとって信仰や祈りは、こうしたけたたましい騒音によって人を急き立てる現代社会の「前方への逃避」とも言うべき空虚さを露わにし、沈黙や静寂が単に充足と開拓にさらされる荒蕪地ではないことの啓示する場なのだ。


数年前私は、フランスのサン・ベルナール渓谷にあるフォントネーのシトー会修道院を訪れた。

一二世紀にシトー会の修道士たちは、自らに厳格な規律を課し、余計な外観や装飾をそぎ落とした簡素な修道院で労働と学問を重んじ、自ら農具をとり小麦などを収穫して共同生活を行った。そして川から水車で水を引き、小麦を臼で挽いてパンを作り、修道士たちは、静寂の中で信仰を深めていった。

フォントネーの修道院を訪れた私は、空飛ぶ鳥の鳴き声や水鳥の足掻きの音を聞き、心が洗わ

シトー会修道院

れる思いだった。修道院内の庭に置かれたプレートを見ると、「われわれは、書物より自然に学ぶことが多い」と書かれていた。

日本の教会でも、フランスの教会にいても、その高い屋根の下にたたずむと、沈黙と静寂は「父の家にいる」と実感させ、せわしない現代社会の喧噪ですさみ波打つ心を静めてくれる。

いまにして思えば、若い時分にファシズムや反ユダヤ主義の問題に取り組んだことも、また在日韓国・朝鮮人を差別するレイシストたちと闘ったことも、さらにまた幼い頃カブリエル神父様と出会い、シスター里見の指導を受け、愛媛師範で伯母の同級生だった麻布みこころ幼稚園の仲田多津子先生との不思議な出会いも、パリ外国宣教会のオリヴィエ・シェガレ神父様から洗礼を授かったことも、どこから来たかもどこへ行くかもわからず、不思議な縁に導かれ、「隠れたる神」を求める旅だったのかもしれない。

五　知識人の役割とは何か

ペトラルカ『わが秘密』

私の枕頭の書は、ルネサンス期のイタリア詩人ペトラルカの『わが秘密』（近藤恒一訳、岩波文庫、一九九六年）だ。

「ローマの桂冠詩人」は、ローマ市民に対し、古代の英雄たちの遺勲に学び横暴な貴族たちの暴政に抗して、暴政と隷属の鎖を打ち砕き、〈自由〉を奪還して、再び古代ローマの高貴さを取り戻そうと呼びかけた。若く野心を抱いた青年ペトラルカは、名門大学に学び学位を得て、「ローマの桂冠詩人」という世俗の最高の栄誉を得た。しかし、ペトラルカの心は虚しく、何の満足も得られず、こう述懐する。

「そしてあるときは、野原の草寝床に身を横たえて、流れのささやきに耳をかたむけ、あるときは見晴らしのよい丘に腰をおろして、眼下の平地を一望のもとに見渡し、またあるときは日あたりのよい谷あいの木陰で甘い眠りにさそわれて、快い静寂をたのしんだ。それも決して無為に過ごしたわけではなく、心ではいつも何か深遠なことに思いふけっていた」（前掲書、一〇〇頁）

詩人は、自分がまだ何者でもなかったのに、惜しみない愛を注いでくれた両親や村人や幼なじみを思い悔恨の涙を流した。

若く無分別な自分は、都会に出てちょっと学問をかじったくらいで、何か他の者よりましな者になったと錯覚し、気取った身なりの服装をし、かつて自分を育ててくれた村人たちを見下していた。しかし、すべてが間違っていたのだ。老いて死を自覚したペトラルカは、その自伝『わが秘密』を通して、「若者たちよ私と同じ間違いを犯すな」と叫んだのである。

還暦を超えた私が思うところは、まさしく数世紀前のイタリア詩人と同じだ。

古代キリスト教最大の神学者アウグスティヌスとの架空の対話を通じて、人生を再考し「人生の真実は愛だけであり、それ以外は瑣事だ」とペトラルカが説く遺言は、生まれたばかりの私に「正しい人間になれ」「心の偉い人になれ」と繰り返し呼びかけた父の言葉と溶け合い、いまも私の心に響き渡っている。

「知識人」とは何か？

二〇世紀末に成立した小泉政権以来、新自由主義的な構造改革の濁流が経済から教育まで覆い、日本社会の荒廃を加速させてきた。

痛感させられるのは、加藤周一や鶴見俊輔なき後の知識人の不在である。自民党を支えるのは、閣議決定を追認するテクノクラート的な学者や技術者、企業家や銀行家ばかりで、社会が一方方向に傾こうとしたとき、大衆とは別のところにいて警鐘を鳴らす知識人がいない。

広辞苑が教える通り、「知識人」という語はフランス語の「アンテレクチュエル」に由来し、教養層や知識階級を意味する「インテリ（ゲンチア）」とは、ややニュアンスを異にする。「知識人」という語は、ドレフュス事件の時期に生まれ、当初は「自分に関係ないことに口出しする教養人」という意の蔑称として右翼が用いたものだった。別の言葉で言えば、国家理性に挑戦する文化的・政治的前衛を差し示すものであった。この語は、件の事件の解決後消滅するはずであったが、その後も生き続け、既成の価値体系に対立する普遍的価値の名のもとに社会を検討に付す、ある種のやり方を呼ぶのに用いられた。

ドレフュス事件に関して復習すると、それは一八九四年、ユダヤ系フランス人アルフレッド・ドレフュス大尉が陸軍の機密文書をドイツに売却した嫌疑で逮捕された冤罪事件で、九八年以来ゾラなどの知識人が人権擁護のために立ち上がり当局を弾劾、軍部や右翼がこれに反論、国論を二分するに至った政治的・社会的大「事件」である。ドレフュス事件の引き起こした喧噪と憤激の残響は今日に至るまで続き、事後の亀裂はいまだ深いままである。ファシズムと人民戦線、ヴィシー政権とレジスタンスといった、さまざまな変奏を現代史にとどめるドレフュス事件の教訓を、多くのフランス人が相変わらず今日的意味を帯びているものと考えている。

ここで日本の知識人の問題に目を転じると、薬害エイズ事件から森友問題を経て今日の統一教会や入管法の問題まで、官僚機構の硬直と情報開示の遅れを長年放置し、救えたはずの命の喪失に加担した、日本の「言挙げせぬ」風土そのものが問われなくてはならないだろう。

ユニークな日本論で知られるカレル・ヴァン・ヴォルフレン氏は、「なぜ日本の知識人はひたすら権力に追従するのか？」（『中央公論』一九八九年一月号）という論文で、日本の知識人の政治的未熟さを持続させる「二つの有害な伝統」を挙げている。

一つは「現行の社会管理システムなら、どんなものでも支持するという強い伝統」であり、もう一つは「仕方がない」という言葉に端的に示される諦観の伝統である。そしてこの伝統は「非常に高い教養と知性を持つ一部の人々」によって一層強化されたとし、その例として、西田幾多郎とその弟子たち、いわゆる「京都学派」を挙げている。

戦中・戦後を通して、時局への便乗とポピュリズムをもっぱらにしてきた日本の知識人の惨状を思えば、ウォルフレンの日本の知識人への苦言は、頂門の一針というべきだろう。

中国文学者の竹内好は、「近代化と伝統」を論じた文のなかで、「『近代の超克』という知識人の言葉は、たぶん民衆のことばの『撃ちてしやまん』や『ゼイタクは敵』に対応するだろう」（『日本とアジア』ちくま学芸文庫、一九九三年、一六〇頁）と述べ、戦時中の思想状況を論じた。

また丸山眞男は「近代日本の知識人」のなかで、戦後知識人の構成する「悔恨共同体」について語っているが、この「悔恨共同体」は、ただちにその大衆版「一億総懺悔」を想起せざるを得ない。

敗戦直後の時代です。大日本帝国の思想に「閉じた」社会の厚い壁が一挙に崩れ落ち、「暗い谷間」を過した知識人に、三たび知性の共同体の住人としての自覚が呼び醒まされました。私は妙な言葉ですが仮にこれを「悔恨共同体の形成」と名付けるのです。つまり戦争直後の知識人に共通して流れていた感情は、それぞれの立場における、またそれぞれの領域における「自己批判」です。一体、知識人としてのこれまでのあり方はあれでよかったのだろうか、何か過去の根本的な反省に立った新しい出直しが必要なのではないか、という共通の感情が焦土のうえにひろがった。そこには開放感と自責の念とが分かち難くブレンドされていました。

（一九七七年六月一〇日の夕食会における丸山眞男の講演より）

日本社会において「知識人」という言葉がしばしば揶揄として用いられるのは、大衆から距離を置き、世論が一方方向に雪崩をうって向かおうとするとき、「立ち止まって熟考しよう」と呼びかける批判的知性を放棄し、大衆を扇動する拡声器の役割を演じることが多かったからだろう。

フランスの文芸評論家のモーリス・ブランショは、『問われる知識人』という著書のなかで、「ドレフュス事件からヒトラーあるいはアウシュヴィッツまで知識人たることをもっとも強く啓発したのは反ユダヤ主義（人種差別と外国人嫌い）である」（安原伸一郎訳、月曜社、二〇〇二年、五五〜五六頁）と述べている。

この指摘は、一九世紀末から一九四〇年までフランスで荒れ狂った反ユダヤ主義の遺産を清算しようという意識のあらわれだが、この論文が発表された当時の一九八四年のフランスの時代状況も反映している。その前年から、フランスは、深刻な政治的熱狂の攻撃にさらされていた。ナチズム崩壊後政治的片隅に逼塞していた極右勢力は、再び息を吹き返し、「移民の上げ潮を押し返せ」という叫び声をあげて闘争に身を投じた。

極右のスローガンは明瞭で、「フランスをフランス人に」返せというのである。一九四五年以降最低限守らなければならないと考えられて来た人種主義の忌避はいまや自明のものではなくなり、以来排外主義を唱えるル・ペン党首が率いた「国民戦線」は、移民の多い南仏を中心に地歩を固め、八八年の欧州議会選挙では一一パーセント強を維持していくつかの地方都市では市長さえ生み、今日に至っている。

一九九〇年、南仏のカルパントラ（かつてドレフュス大尉の甥が市長を務めたドレフュス家ゆかりの地）の古いユダヤ人墓地がスキンヘッドのネオナチに荒らされるという事件が起こったとき、多くのフランス人が、人種主義と外国人排斥の危険が身近なものになったという差し迫った感情にとらわれた。

京都学派から自民党議員まで続くレイシズム

民族主義と排外主義の問題は、今日のわれわれにとっても、対岸の火事どころではない。反ユダヤ主義的言説は、サブカルチャーやオウム真理教など新興宗教の教義に流通しており、ロシアの極右ノーマン・コーンによる悪名高い偽書『シオン賢者の議定書―ユダヤ人世界征服陰謀の神話』（邦訳はダイナミックセラーズ、一九八六年など多数）の引用が、ユダヤ＝フリーメーソンの世界支配という、ヨーロッパの右翼によって使い古されたデマゴギーを再生産している。二〇一四年二月には、東京都内の公立図書館が所蔵する『アンネの日記』や関連書籍のページが破られるという事件さえ発生した。

驚くべきは、ユダヤ人をめぐる荒唐無稽な誹謗文書が、戦前の日本ですでに広範に流布していたということである。

先の『議定書』は、シベリア出兵に従軍していた樋口艶之助らによって日本に持ち込まれ、無謀なシベリア干渉の失敗にかっこうの弁明を与え、一九三八年に『世界転覆の大陰謀＝ユダヤの議定書』（内外書房、一九二三年）と題する決定訳を見るまで、各国語版からの重訳が幾種類も刊行されていた。

忠君愛国で育った多くの日本人にとって、強大なロシア帝国が呆気なく崩壊し皇帝一家が惨殺されたことは理解し難く、ユダヤ人が革命運動を鼓舞したという陰謀論が、説得力ある「合理的」説明として流布していった。「満州国」成立（一九三二年）の四カ月後、『少年倶楽部』の人気作家山中峯太郎は、小説「大東の鉄人」の連載を始める。中国大陸を舞台にしたこの小説で、当時の少年たちのヒーロー本郷義昭が闘う相手は誰あろう日本の滅亡を図る「ユダヤ人秘密結社シオン同盟」の総司令の「赤魔」バザロフなのである。

次にウォルフレンの言う日本における「非常に高い教養と知性を持つ一部の人々」に関して言えば、公職追放後、中教審特別委主査として「期待される人物像」をまとめたかつての「京都学派」の哲学者・高坂正顕は、太平洋戦争中の座談会「世界史的立場と日本」と題する座談会（『中央公論』一九四二年一月号）においてこう述べている。

「主体性をもたず自己決定権を持たない民族、つまり『国民』にならぬ民族は無力だ。その証拠にアイヌみたいなものは結局独立した民族の意識を持たず、他の国家的民族の中に吸収されてしまう。ユダヤ民族にしても結局そうなりはしないか。世界史の主体は、そんな意味で国家的民族だと思う」

高坂は『歴史的世界』（岩波書店、一九三七年）において、「国家が道徳的勢力であり、道徳的自由であるのは、却って道徳的課題としての民族と領土とを、即ち血と土とを自己の基体に有するが故」などとナチスさながらのレイシズムを展開していた。

二〇一六年、国連の女性差別撤廃委員会に参加した女性らについて自民党の杉田水脈衆院議員（当時は落選中）が「チマ・チョゴリやアイヌの民族衣装のコスプレおばさん」などとブログに書いて侮辱する発言をした背景には、戦前から続くレイシズムの長い歴史があるのである。

こうして見てくると、現代社会における知識人の役割は、自己の主体性の欲望に取り憑かれた共同体の盲目的ナルシシズムに対する批判にあるとは言えまいか。

多くの者が「仕方がない」と既成事実を追認し、自己完結的なものの閉域に留まろうとするとき、知識人は「他者の関心」を呼び起こし、現実をそうであったかもしれない「可能性の束」として捉え直す。

フランスの哲学者のミシェル・フーコーは、往時の「普遍的」知識人が果たして来た役割を、今日では「特定領域」の知識人が肩代わりするようになったと言う。「特定領域」の知識人とは、それぞれの職業を実際に行いながら、知識人の仕事と言い得るような本質的に「批判的な」仕事を行う者のことである。

フーコーは、こう敷衍する。

「批判とは言っても、破壊、拒絶、拒否ということではなく検討するということで、要は、平生拠りどころとなっている価値体系を可能な限り宙づりにして、その間にその体系を検査してみるということです。なにか仕事をやっているのかと問うということです」（『エクスプレス』誌一九八四年七月一三日号）

「アルザス系ユダヤ人」であるが故に右翼から、「富裕」であるが故に左翼から、二重に閉め出されていたドレフュス大尉の再審のきっかけを作ったのはピカール大佐である。

どちらの側にも党派的底意があるとして生涯戦闘的なドレフュス派にならなかったロマン・ロランは、一九〇三年、後に『ベートーヴェンの生涯』として纏められる評伝をシャルル・ペギーが編集する『半月手帖』に書き始める。

ドレフュス事件の記憶は、作曲家の伝記というおよそ場違いな舞台に闖入してくるだけになおさら印象深い書き出しで始まっている。ピカール大佐を「世界の闇を神々しい光で照らす英雄」とたたえるロランはこう語る。

「空気は我らの周りに重い。旧い西欧は、毒された重苦しい雰囲気の中で麻痺する。偉大さの無い物質主義が人々の考えにのしかかり、諸政府と諸個人との行為を束縛する。世界が、その分別臭くてさもしい利己主義に浸って窒息して死にかかっている。世界の息がつまる。もう一度窓を開けよう。広い大気を流れ込ませよう。英雄たちの息吹を吸おうではないか」

（片山敏彦訳、岩波文庫、一九六五年、一五頁）

ベルナノスという羅針盤

私にとって、生活も信仰も研究もすべてわかちがたく結び着いている。それは、言葉と行動が必ず一致していた亡父を追う「奇妙な旅」でもあった。

さて私の関心と敬意が止むことのない作家に、フランスの作家のジョルジュ・ベルナノスがいる（本書一三九〜一四〇頁参照）。日本でも春秋社から著作集が刊行され、「悪魔の陽の下に」「田舎司祭の日記」「新ムーシェット物語」などの映画で知られ、フランシス・プーランクの作曲によったオペラ化された劇作「カルメル会修道女の対話」もよく上演される。

新婚旅行の際に、私はこの作家の末子でモンマルトルのアパルトマンに住むジャン＝ルー・ベルナノスを訪れるほど私はこの作家に傾倒し、フランスの学術誌『ベルナノス研究』に論文が掲載される最初の日本人の研究者となった。

日本からも多くの学者や研究者が訪れたジャン＝ルーは、私がフランス語で書いた論文を見て、「こういうものはよくもらう」と言い、近著に「日出る国のサムライに」という献辞をつけてプレゼントしてくれた。

訪問の際に何を持って行ったらよいかわからなかったので、パリの虎屋でようかんを買って持っていった。「これは美味い。初めて食べる味だ。何でできているのか？」と問われ、「小豆」(haricot rouge) という単語を知らなかったので慌てて辞書を引き、冷や汗をかいた昔を思い出す。

ドレフュス事件の際の反ドレフュス派の論客エドゥアール・ドリュモンに傾倒し、右翼組織「アクシヨン・フランスセーズ」に属していたが、最後には反ユダヤ主義を清算し、対独レジスタンスの闘士となったベルナノスの道程は、私にとってまるで自分の精神的道程のように感じるほど近しいものだった。私が何十年もファシズムと反ユダヤ主義の研究を続けるに際し、ベルナノスが手探りで進んだ道は、いわば羅針盤のような存在だった。

大宅壮一の弟子だった義父の植田康夫

時代閉塞の現状が続いている。

安倍元首相の暗殺事件の後も、政界では安倍氏の遺した負の遺産は続き、議会では閣議決定の追認に過ぎない熱のないやり取りが続く。

自民党員と旧統一教会の関係が次々と暴露され被害者救済法が可決されたが、カルト宗教の問題が創価学会に波及しないようあちこち抜け道の作ったザル法になりかねないと懸念されている。集団的自衛権から共謀罪、秘密保護法などを強行採決した自民党による数の暴力は終わることがない。東京オリンピックをめぐる収賄事件が暴露されるなど、自民党による金権腐敗政治だけがいまだ「昭和」に取り残されている感がしきりである。

帝京大学の筒井清忠氏が編集した近著『昭和史講義〈戦後文化編〉上』(ちくま新書、二〇二二年)を読んで、久しぶりに義父の植田康夫の名前を見出した。

「一九六七年一月大宅は、東京マスコミ塾を開講した。ここではノンフィクション・クラブの多くのメンバーが指導に当たった。同年五月には、青地晨・大森実・梶山季之・草柳大蔵・藤原弘達・渡辺雄吉・金子智一と同塾第一期の優秀者(植田康夫・山岸駿介)で東南アジアを訪問した」(二六八頁)

この東南アジア歴訪の旅については少し聞いたことがある。

「大宅は外見からは豪放磊落に見えるが、仕事ぶりは繊細で、依頼された原稿が確実に着いたか一つ一つ確認の電話を入れるんだよ」

周知のように、大宅壮一は戦時中はジャワ派遣部隊に同行し、陸軍の宣伝隊にいたので、戦後はその戦争協力を恥じて、一度は筆を折ろうとしたが、ジャーナリズムの後進を育てることでその償いをしようと考えを変えたという。

書評紙の『週刊読書人』の編集長を長らく務めた義父は、日本出版学会会長を経て母校の上智大学新聞学科に迎えられ定年まで勤め、大宅壮一記念館の副館長もしていた。書き手ばかりが重んじられる日本の出版界で、編集や出版の重要性を唱え、学問としての道筋をつけた草分けで、『百科全書』の編者であるディドロを尊敬し、「良き編集者なくて良書なし」が信条だった。日本では「出版」という言葉をあまりにも狭く捉えており、英語の publish の語源であるラテン語の publicare に由来し、本来「名も知れない多くの人々の勝手な使用に任せる」という意味で、街頭で自分の意見を表明することだって、publish と言え、エディターシップをもう少し広く考えるべきだと提唱していた。

若い時分から世界を見て周り、大宅壮一の弟子として八面六臂の活躍をしていた義父も晩年は病を得て数年前亡くなり、翌年義母も後を追った。

二〇一五年九月一四日の夜、安倍政権が強行採決を目指そうとした集団的自衛権の容認に反対する大規模デモがあったことは記憶に新しい。海外にも広く報道されたこの大規模デモには、もちろん私も参加し、歩道に溢れた人々が防護柵を倒し、旧安保以来未曾有の人並みが国会議事堂前に殺到した。その人いきれと喧噪とシュプレヒコールは、まだ昨日のことのように覚えている。

私が驚いたのは、この国会議事堂前に義父も参加していたことだ。もう足下も覚束なくなり、よく転ぶようになった義父があの人並みの中にいたとは驚きで、後に「孫ができたからな……このまま戦争になり、徴兵制にでもなったら大変なことになる。岸信介の孫だから、何をするかわからん」とのことだった。義父は六〇年安保の際には、よくデモに参加していたとのことだった。

六　パリからインドシナへ

病床の父の「望郷」

父の故郷の宇和島市三間町は盆地で、古くは「美馬」と称し、馬の放牧地だった。

室町末期になると川を生かし良質な三間米の産地となって、伊予の西園寺氏、土佐の一条氏、さらに豊後の大友氏の係争地になり、徳川時代になると伊達藩の支藩の吉田藩の支配するところとなった。現在の吉田町がいわゆる「愛媛みかん」の産地で、吉田から三間へは、法華津山脈から南に伸びる尾根の十本松峠を通る。

幕末の伊予では、封建遺制の矛盾から百姓一揆が頻発し、その十本松峠で首謀者たちが処刑されたという。明治三（一八七〇）年に吉田藩領で起こった「三間騒動」では、前年が雨天が多く、米や大豆等が凶作で、幕末維新期の社会混乱から生じた物価の高騰に悩まされた農民たちが藩庁に直談判して嘆願書に書かれた租税減免要求などを呑ませた、と郷土史家の景浦勉氏が『伊予農民騒動史話』（伊予史料集成刊行会、一九七二年）で伝えている。

小学生の頃訪れた父の実家は、幕末に曽祖父の良太郎が建てたもので、良太郎や日露戦争に従軍した祖父らにとって、幕末は「現代史」なのだ。

予土線の伊予宮野下の周辺には、かつて三間街道と呼ばれた旧街道が残り、予土線は、四万十川に沿った穀倉地帯を通って高知県に至る。私が子どもの頃、父は実家の近くにある、弘法大師ゆかりの佛木寺（第四二番札所）や四国遍路について教えてくれた。

父が懐かしそうに繰り返した少年時代の思い出に、村に一軒だけあった芝居小屋のことがある。農家にはいろいろな仕事があったが、農閑期になると芝居、浄瑠璃、歌舞伎などが上演されたという。テレビのない時代に、これは農民の数少ない楽しみだった。開演時間は午後八時頃であったが、当日になると、人々はご馳走を作って集まり、二時頃になると小屋は、子どもや老人でいっぱいになった。開演までの長い時間、人々はご馳走を食べたりおしゃべりをしたりして過ごした。芝居の演目のすべては覚えていなかったが、父は「番町皿屋敷」「名月赤城山」などを話してくれた。しかし、父が一番印象深く覚えているのは現代劇で、姑の嫁いびりがクライマックスに達すると、興奮して劇中の人になった観客の騒ぎは大変だった。座布団やみかんをなげるやら、中には舞台に上がって姑の役を殴りつける者もいた。こうなると、芝居は続行不可能。

「馬鹿！　あれは芝居じゃろが……」

「なんぼ芝居でも、あの婆は許せん」

幕が降りてもなかなか興奮が醒めず、観客同士の喧嘩が始まり大変な騒ぎになる。

浄瑠璃では、「仮名手本忠臣蔵」「菅原伝授手習鑑」「義経千本桜」「傾城阿波鳴門」などを父は覚えていた。子どもには浄瑠璃語りが何を言っているかわからなかったが、祖母は「脱水状態になるほど」泣いていたという。

父が子どもの頃の映画は無声だった。フィルムは傷だらけで、四、五分おきに切れた。再び上映されるときは、場面が違っていることもしばしばだった。中でも父が好きだったのは、鞍馬天狗、真田十勇士、猿飛佐助、霧隠才蔵などであった。

もちろんそんな芝居小屋はいまはないが、父は昭和はじめの子どもの頃が懐かしいと言う。

小学生の私が東京から父の実家に帰るのは、単に首都から遠ざかるだけでなく、父が生まれた大正時代へ、さらに大正から明治へと遡る記憶の旅でもあった。思えば父は、ドイツのコッペル社製の汽車が最も現代的なツールである時代に青春時代を送ったのだ。

父は宇和島の山深い三間の里を愛していた。

リウマチで立ち上がれなくなった父は、「『望郷』のＤＶＤを買ってきてくれんかのう。ジャン・

父が愛した三間の里

ギャバンのペペ・ル・モコじゃ」と私に頼んだ。

一九三七年に製作されたジュリアン・デュヴィヴィエ監督の「望郷」は、当時フランス領だった北アフリカの港町アルジェを舞台にしていた。アルジェの一角のカスバは迷路のように入り組み、フランス本国からの犯罪者や食いはぐれ者たちの隠れ家になっていた。逃亡者のペペ・ル・モコをおびき出そうと、フランス警察はギャビーというパリジェンヌを使ってペペをおびき出そうとした。そして「パリのメトロの匂いがする」と望郷の念にかられたペペは、ギャビーに惹かれて警察に捕まってしまう。

最後に警察に捕まった主人公が波止場で

「ギャビー！」と絶叫する場面が忘れられないと、父は言う。今にして思えば、自分の最期を悟った父は、ペペ・ル・モコに自分自身を重ね、幸せだった宇和島への「望郷」の念を語っていたのかもしれない。

アルジェからサイゴンの港へ

先に述べたように、父が最後に見たかった映画「望郷」（ペペ・ル・モコ）は、手錠を掛けられたペペがアルジェの波止場で「パリのメトロの匂いのする女」ギャビーに向かって絶叫するところで終わる。しかし、その叫び声は、船の汽笛の音にかき消され、ペペは隠し持っていたナイフで自分の腹を刺して死ぬ。

アルジェなど地中海沿岸のフランスの旧植民地から出た船は、まずマルセイユの港に着く。戦前から戦後しばらくまで、永井荷風から遠藤周作まで、横浜の港を出た日本の作家や知識人たちもまた、汽船でサイゴンに立ち寄り、インド洋から紅海に入り、地中海を経てこのマルセイユに着いたものだ。

この欧亜を結ぶ海路は、東南アジアで作られた阿片玉をヨーロッパに送るいわゆる「フレンチ・コネクション」でもあり、インドシナ植民地の人々を苦しめると共に、マルセイユでヘロインに精製され暗黒街の資金源になるものでもあり、私はこの植民地史に興味があった。

「サン・ジャック岬」の絵はがき

ギ・タブザックによって作曲された陰鬱な軍歌「阿片」(Opium, 1931) は、今日のフランス人でも知るポピュラーな一曲である。サイゴンに向けて北に蛇行する川の入り口は、仏領インドシナ時代はサン・ジャック岬と呼ばれ、映画「インドシナ」(一九九二年) でも、主人公のカトリーヌ・ドヌーヴが「サン・ジャック岬……」と言ったきりため息をつく場面がある。

フランス人にとって、地中海からの長旅を経てやって来たこのサン・ジャック岬は、これまでいたヨーロッパ世界とは何もかも違うアジアへの入り口だったのだ。

さて、今日ホーチミン市と呼ばれる旧サイゴンの戦争博物館には、独立運動の英雄たちの勇ましい写真が掲げてあるが、その中に一つだけ、女性というより幼い少女のような写真がある。気になって帰国後調べて見ると、それが、兄の後を追ってベトナム独立のためにフランスと闘った少女、ヴォ・ティ・サウだった (Nguyễn Đ inh Thống, Vo Thi Sau A Legendary Heroine, 2014 などを参照)。

一九四五年八月一五日に日本が敗戦すると、ルクレール将軍が率いるフランス軍は、ベトナムなどインドシナ諸国を再び植民地化しようと上陸してきた。ヴォ・ティ・サウは、大人たちに混じって、フランス軍と銃撃戦に参加。しかし、運悪く投げた手榴弾が不発に終わり、逃げ遅れて逮捕された。

軍事法廷で罪状認否を問われたとき、ヴォ・ティ・サウは、「自分の国の独立のために闘うことのどこに罪があるのか」と反問した。裁判官たちは、まだ幼な顔の少女に死刑判決を下すことをためらっていたが、結局死刑及び全財産剥奪の刑を宣告した。ヴォ・ティ・サウは、「自分には財産などと呼べるものはないが、そのなけなしのものが欲しければ取ればいい……」と答えた。

一九五二年一月二三日の午前七時、ヴォ・ティ・サウは、拷問で傷ついた身体をコンダオ島の営庭に引き出された。フランス兵が目隠しをしようとすると、彼女はそれを拒否し、独立軍の行進曲を歌い出した。

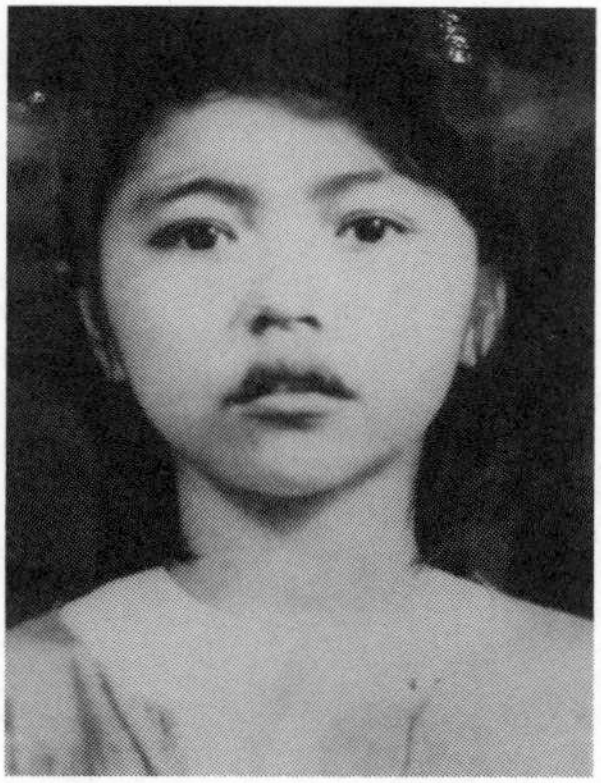

ヴォ・ティ・サウ（Wikimedia Commons より）

処刑部隊の銃が火を噴いた。

ヴォ・ティ・サウは「ベトナム独立万歳！」と叫んで倒れた。部隊員が血だらけの彼女に近づくと、七発の銃弾を受けてもまだ絶命せず、その目は兵隊をにらんでいた。恐怖に駆られた兵隊がとどめをさした。

旅行会社が「ベトナムの最後の楽園」などと称してコンダオ島のツアーを組んでいるのは信じがたい感覚である。ここは、ベトナム独立の志士たちの何千、何万という浮かばれない霊がさまよう霊地なのだ。

ヴォ・ティ・サウの英雄的最期は、たちまちベトナム全土に広がり、独立軍を憤激させ、少女の勇気が士気を鼓舞した。

一九五三年末、フランス軍はラオス、カンボジアを望むディエンビエンフーの盆地に陣地を構築し始めた。気取り屋の騎兵大佐カストリーは、この段階でもベトミン（ベトナム独立同盟会）を侮り、陣地にアンヌ＝マリー、エリアーヌなどの名前を付けていた。

ヴォー・グエン・ザップ将軍は山岳民族の女性たちに、フランス側に見つからないように武器を山頂に運ぶ道はないかと尋ねた。重い野砲は一度分解して山頂に運び上げられ、そこでもう一度組み立てられた。その中には旧日本軍が残したものも含まれていた。

日本軍の敗戦を受けてホーチミンは、部下に秘密指令を出していた。「敗北した日本兵はもはや敵と思うべきではない。彼らもまた日本の軍国主義の犠牲者なのだ。日本兵たちを脱走させ、その武器と軍事技術を独立運動のために活用すべきである」と。

陸軍第三四独立混成旅団の参謀の井川省少佐は、フエの王宮に秘匿していた武器庫をわざと解錠したまま出撃命令を下し、再上陸したフランスが接収する前にベトミン軍に渡していた。また加茂徳治によれば、ベトミン側はクァンガイ陸軍士官学校を作り、多くの日本人将校たちが、戦略や作戦の指揮の仕方を教えたという（『クァンガイ陸軍士官学校』暁印書院、二〇〇八年）。

一九五四年一月三一日より、ベトミン軍の山頂からの砲撃が始まった。そして独立軍の兵隊たちは一斉に山を駆け下った。人数はベトミン軍の方が多かったが、アメリカの最新鋭の武器を持つフランス軍の砲火の前に兵隊は次々に倒れていった。しかし、兵隊たちは友軍の死体を踏み越えて進んで行き、フランス側の四倍の八千名の死者を出しながら、フランス軍を降伏させた。それは、ヴォ・ティ・サウの英雄的最期から、ちょうど二年目の出来事であった。

ベトナムからパリへ

一度行ったことのある者ならわかるが、ベトナムは暑過ぎ、あまりに暑過ぎて、戦争の作戦どころではない。現地人だけでなく、先の大戦で仏印進駐に駆り出された日本兵たちは、さぞ迷惑だっただろう。

作家の開高健などベトナム戦争に派遣された特派員たちの戦記には「コニャック・ソーダ」なる奇妙な飲み物が出てくる。その名の通り、コニャックをソーダで割って氷を入れたものだが、とにかく何かで気を紛らわせなければ頭がおかしくなりそうな酷暑なのだ。

戦時中、南方軍総司令部はサイゴンからシンガポール、さらにサイゴンの北東に位置する避暑地のダラットに移ったのは正解だった。ダラットはベトナム高原にある避暑地で、大戦末期スカルノも空路インドネシア独立の相談に飛来した歴史的な町でもある。

サイゴン大聖堂

パリの都市計画を模して作られたサイゴンは、サイゴン大聖堂を真ん中に長い直線道路と枝道との組み合わせでできており、看板などの表示は、一七世紀に来越したイエズス会のアレクサンドル・ド・ロード師によって考案された「クオック・グー」（国語）によってラテン文字化されているので、時にフランスの都市のような錯覚を覚えるほどだ。

仏領インドシナ時代には「カティナ通り」と呼ばれたドン・コイ通りがサイゴン川に面するところに、開高健の常宿だったマジェスティック・ホテルがあり、ドン・コイ通りを北西に進むとサイゴン大聖堂がある。そして、さらに北上すると、仏教のヴィンギエム寺院から川を越えタンソニャット国際空港の方面に向かう道に続く。

大通りから少し脇道に入ると急に鄙びた雰囲気になり、初めて来たのに「ここはいつか来たような気がする」という強烈な既視感にとらわれ、まるで昔の日本にタイムスリップした感じで、アジアのつながりを感じる。

ベトナム人のホスピタリティーに魅了された私は、最初に行ったときすっかりベトナムのファンになってしまい、帰国後ベトナム関係の書籍を読みあさった。

パリのベトナム人

ヨーロッパのアジア支配の拠点となった東南アジアからは、多くの移民や亡命者が渡仏し、パリのベトナム人には長い歴史がある。

パリの一三区には、大規模なチャイナタウンがあり、イヴリー大通りからイタリー広場のあたりに、中国人だけでなく、ベトナム、カンボジア、ラオス、タイなどの移民も雑居している。

学生時代にクレディフという教材で習った「ティボーさんはパリのイタリー広場に住んでいます」という文がずっと脳裏から離れず、「教科書に出てくるくらいだから、とても有名で壮麗な広場なのだろう」と想像していたら、想像と違い、およそ華やかなところがない陳腐な広場だった。

このチャイナタウンの中心は「陳氏商場」(Tang Frères) という有名な二階建てのスーパーマーケットで、ここに中国や東南アジアの食材や物品を売る店がひしめいている。

私がよく行くのは、ベトナム人のCDショップと、八〇歳くらいのお婆さんが経営する小さな書店兼骨董品店だ。CDショップの亭主は「私の娘は日本の大阪大学に留学している」と言い、

ベトナム語専門書店で購入した本とおまけにもらったメダル

カタコトの日本語を話す。他方ベトナム語の書店のお婆さんはカトリック信者で、母国に郷愁はあるが今のベトナムはあまり好きではないようだ。

「あんたはベトナム人かい？」

「いえ、日本人です。フランス語はわかるので、フランス語を通してベトナム語を勉強したいと思っています」

「ほう、そんな人もいるんだね」

もう高齢なので、あまり商売っ気もなく、ベトナム人でもフランス人でもないのにベトナム語を勉強する私に「うれしいよ」と言い、二冊買うと一冊無料にしてくれたりして、次の年に行っても覚えていてくれる。本の表示価格の合算と請求額が違うので、「計算が違います、安過ぎる」というと「いいんだよ、それで」と半額くらいしか受け取らず、カトリーヌ・ラブレーの「奇跡のメダル」までくれたりする。パリのバック通りの修道女であったカトリーヌに聖母が現れ、身につけると恩寵を受けるというメダルである。

ちょうどパリのベトナム人に関する写真展があり、私はフランス、アメリカ、日本、中国など大国に翻弄されてきたインドシナの人々の苦難の歴史を思った。

七　学問と信仰

ナチス占領下のヴェルディヴ事件

国際都市であるパリには多くの外国人が在住し、ユダヤ人は中世からこの都市に住みついている。

一九四二年七月一六日から一七日にかけて、ドイツ占領下にあったパリのユダヤ人たちは、フランス警察の協力によってパリ市内にあった冬季競輪場に集められ、ドイツの強制収容所に移送されるという恐るべき事件が起こった。当時ドイツ駐留軍の将校としてパリに駐在していた、高名な作家エルンスト・ユンガーはその『パリ日記』（山本尤訳、月曜社、二〇一一年）でこう書き、無念の思いを表明している。「昨日、ここでユダヤ人が逮捕され、移送された。両親がまず子供たちから切り離され、悲嘆の声が町中で聞かれた。私は不幸な人たち、骨の髄まで苦悩に満たされた人たちに取り囲まれたことを一瞬たりと忘れることができない。そうでなくても私は何という人間、何という将校なのであろう」。

　フランス政府は長らくこの事件への関与を否定していたが、一九九五年、シラク大統領は、責任を認めて謝罪し、パリの一五区に「ヴェロドローム・ディヴェールユダヤ人犠牲者広場」を作った。パリのマレ地区にあるロジエ通りやフラン＝ブルジョワ通りには、昔から多くのユダヤ人が住み着いている。私はこのマレ地区が好きでパリに行くたびに訪れ、ユダヤ人の歴史やホロコースト関係の書籍をまとめて買う。

マレ地区にあるロジエ通りのユダヤ人

　フランスのユダヤ人に興味を持つ東洋人はめったにいないので、あるとき店主から話しかけられた。

「あなたは日本人ですか？」

「ええ、そうです。ユダヤ人の歴史に関して調べています」

「日本にユダヤ人はいるのですか？」

「ほとんどおらずごく少数ですが、ユダヤ人に関心があるのは歴史家やキリスト教徒だけではなく、なぜか昔から反ユダヤ主義が存在します」

「それは奇妙ですね、ユダヤ人がほとんどいないのに反ユダヤ主義が存在するって……」

「そう、とても変です。要するに実際のユダヤ人への関心ではなく、『想像上のユダヤ人』ですね」

「そうですか、でもそれじゃもっと悪い……」

実際、手堅い学術書を除けば、日本で出版されるユダヤ人やユダヤ教に関する書物は荒唐無稽なものが多く、その実際を知ろうとする関心も乏しい。

例えば、日本でもヒットしたパトリス・ルコント監督の「仕立屋の恋」（一九八九年）という映画がある。しかし、このタイトル自体が日本の観客向けにアレンジされたもので、原題は「イール氏の婚約」(Les Fiançailles de Monsieur Hire, Éd. Fayard, 1933) で、仕立屋の本名はイロヴィッチというもの。これでは外国から来たユダヤ移民とすぐわかってしまうので、フランス風に改名したものなのだ。字幕だけを追う日本の観客には、こうした事情がわからない。解説では、変わり者なので周辺の住民と疎遠だったことが殺人容疑を受けた遠因ということになっているが、そういう説明では、フランスに根深いユダヤ人に対する偏見が見えてこない。

日本でも人気のあるノーベル賞作家パトリック・モディアノに『エトワール広場』(La place de l'étoile, Gallimard, 1968) という小説があり、見開きにこのような小咄がある。


時代は、ナチス占領下の一九四二年のパリ。

一人のドイツ人将校がある若者の方に進み出て、こう尋ねる。

「すみません、エトワール広場はどこですか?」

(Pardon, monsieur, où se trouve la place de l'étoile?)

するとその若者は左胸を指さした。


この話は、筋書きだけ読むと何のことかさっぱりわからない。

この小咄の理解のカギは"la place de l'étoile"という言葉で、「エトワール広場」とは、固有名詞としては、星が四方八方に光を放つように大通りが伸びる凱旋門のある広場のことである。しかし、普通名詞としてとらえると「星のある場所」と読める。ナチス占領下のヨーロッパではユダヤ系住民に黄色いダビデの星を胸に縫い付けることが義務づけられた。ほんの少し指をずらすことで、単に道を尋ねる日常会話がユダヤ人迫害の恐ろしい歴史場面にかわるのだ。

『悪魔の陽の下に』の世界

ジョゼフ・ド・メーストルなどの反動思想の関心から始まり、バレスやシャルル・モーラスらの「アクシヨン・フランセーズ」周辺のドリュ・ラ・ロシェルやブラジヤックなどの作家を経て、私の奇妙な旅は、最後にベルナノスとモーリス・ブランショにたどり着いた。

「われわれは右翼ではなかった。われわれが創設した社会研究サークルは〈セルクル・プルードン〉なる名称を冠し、この憤慨を買う守護聖人を高々と掲げていた」(『月下の大墓地』春秋社版ベルナノス著作集、一九七八年、四五頁)というベルナノスの言葉ほど、若き日の私の心情を代弁するものはない。

〈セルクル・プルードン〉は、アクシヨン・フランセーズのナショナリズムとソレル派の労働組合を基盤とする直接行動の融合で、若き日の私は、右翼でも保守派でもなく、反資本主義のラディカリズムに日本社会の未来の可能性を探っていた。

前述したように、高校生から大学生になる頃私が抱いていた最初の疑問は、「知性にも教養にも欠けないのに、どうして非合理で道理に合わない反動思想やファシズムに魅了される作家や知識人がいるのか?」という素朴な問いだった。

それはやがて自分の生活と思想をも巻き込み、「悪とは何か?」という学問的であると共に信仰的な問いに変わっていった。私はアウグスティヌスやアンセルムス以来の「知的理解を求める信仰」（fides quaerens intellectum）について真剣に考えていた。

三十年戦争に参加してヨーロッパ各地を転戦したデカルトの旅に関する講義を終えた田中仁彦先生による、「学問的な探求と信仰は深いところで必ず一致する」という言葉が、私の励ましだった。

田中先生はまた、「研究の現状を把握するのは当然だが、研究にとって大切なことは、それらを先入観とせず精査し、テクストの上に堆積する土砂を除去し、一文一文を自分の目で読んで行くことだ」と指摘した。そしてテクストの読みは、何よりも他のテクストを読む能力によって、それがなければ抑え込まれたままになっていたエネルギーを解放する能力によって評価されるべきなのである。

以下にその実例をお目にかけよう。

悪魔はねたみから生じる——ベルナノスの悪魔学

さて、モーリス・ピアラ監督によって映画化され日本でも大きな評判を得た作品に、ベルナノスの小説『悪魔の陽の下に』（一九二六年。日本語版は木村太郎訳、新潮社、一九五四年など）がある。聖人のジャン＝バティスト・ヴィアンネーを彷彿させる主人公のドニサン神父は、どた靴を履いて教区を歩き回り、融通の利かぬ実直さで失敗を重ねる地方の巡回使である。ドニサン神父が説教を手伝うために隣村に急ぐ道すがら、馬喰《ばくろう》との対決の場面がこの小説のクライマックスである。

そしてこの対決の場面では、影や鏡像といった自分に似た分身による二重化現象が枚挙される。「ただ忍耐しなくちゃいけない。神父さん、忍耐というものは良薬ですぜ」と説く馬喰に化身した悪魔によって、ドニサン神父は行く手を阻まれる。

カンパーニュへの道を急ぐドニサンと「歩調」(pas) を合わせる馬喰は、また同時に、神父を「行く手から遠ざけよう」とする「否定＝障害」(pas) でもある。

ドニサンの「少しも脇道にそれぬ、規則正しい歩み」(un pas régulier)、「逆らわぬ、一様な歩み」(un pas régulier, docile) を曲がり角・斜面・坂・勾配の枚挙によって偏向させ空しい「堂々めぐり」を強いるものこそ、「歩み」(pas) に潜在する否定の働きなのである。

フランス語の否定文は、動詞を ne ～ pas とはさんでつくることは初級文法で習うだろう。名詞では「歩み」を示す pas は、否定辞の pas でもあるのだ。

悪魔と出会うドニサン神父をめぐるあの有名な場面は、"pas"〈歩み＝否定〉とその派生語の枚挙によって構成されている。

そして、ドニサン神父の「少しも脇道にそれぬ、規則正しい歩み (pas)」を妨げ偏流させる馬喰の「否定」(pas) こそが、まさにサタンの「神の敵対者」という本来の意味を体現した悪魔であり、二人の跛行《はこう》と堂々巡りによってまるで連続写真を重ね合わせたように、異形の分身が次々と現れる。

ヨハネ福音書では「ディアボロン」と呼ばれる悪魔の「ディア」という接頭辞は「分岐」を示し、元々のヘブライ語のサタンとは「神の敵」、つまり神の意志を邪魔するものである。

ミサの説教を手伝いに急ぐ道を塞ぐ馬喰は、ドニサン神父の「歩み」と馬喰の「歩み＝否定」(pas) によって摸倣的なライバル関係を激化させ、そして、悪夢のようなあの夜、ドニサンが「退け、サタン！」と叫ぶとき、「完璧で精妙な似姿」「奇跡的二重写し」「おのれの分身」「彼自身の肉体をまとった敵ともいうべき幻影」が神父の周囲に殺到する。

『悪魔の陽の下に』は、悪魔の類族の多さを指摘する一方で、その幻覚的側面にまどわされることなく、分身としての本質に着目する。そして、「いやまさる錯乱のなかで」分身たちは、「たがいに重なり合い」奇怪な幻覚的異形を生み出す。

作中に登場する馬喰に化けた悪魔は、聖書のなかの悪霊と同様に、しっぽの生えた怪物などではなく、まさに「歩み」であると同時にその歩みを「否定」する pas がばら撒かれることによって成り立ち、神の意志がその pas（否定）の働きによって偏流させせられるという「サタン」という言葉の原義に立ち返る。

そして、この摸倣的な競合関係こそ、まさに祭司長が自分が得たいと思っている民衆への絶大な影響力を所持していると考えるイエスに対する「ねたみ」の本質なのである。

聖書では、祭司長や律法学者たちがイエスを殺そうと計っていたとき、弟子の一人でイエスを裏切ることになる「イスカリオテのユダにサタンが入った」（ルカによる福音書二二章三節）と述べている。

本来ならば自分たちのものであるべきと祭司長や律法学者たちが考える、民衆を教導する司牧的権力をめぐるイエスとの競合関係がサタンを呼び寄せたのであり、聖書におけるサタンとは、自分が得たいものをめぐる競合関係が生み出す「ねたみ」そのものであり、それゆえイエスの殺害はまさに「サタン的殺人」（ルネ・ジラール）というべきなのである。

マルコによる福音書には、はっきりと「祭司長たちがイエスを引き渡したのはねたみのためだとわかっていた」（一五章六節）と書かれている。

イエスの徹底した男女平等観

イエスの生涯で驚かされることの一つに、徹底した男女平等観がある。

例えば、熱心なユダヤ教徒で、イエスの迫害者から崇拝者に転じたパウロは、その書簡の中で、イエスの考えとはまったく異なる男女差別的な考え方を混入させている。パウロのコリント人への手紙の中にこのような文章がある。

「婦人たちは、教会では黙っていなさい。婦人たちには語ることが許されていません。律法も言っているように、婦人たちは従う者でありなさい。何か知りたいことがあったら、家で自分の夫に聞きなさい。婦人にとって教会の中で発言するのは、恥ずべきことです」（一四章三三〜三五章）。

しかし、婦人病で下血が止まらない「長血の女」を癒し、「姦通の女」を許し、元娼婦のマグダラのマリアの信仰を高く評価していたイエスには、当時の地中海世界で流布していた男女差別とは無縁だった。

信仰とは、あらゆるものを失い、もはや神以外に頼るものがない者たちのうめくような祈りであり、イエスは、単に仲間内の共同体の中でしか通用しない「道徳」と神への「信仰」をまったく別物と考えており、そこには、男女の差別も、身分や出生の差別もなかった。

ここで復活のイエスに会うという栄光がまず誰に現れたかを考えてみよう。

古代社会の男女差別的な発想からすれば、ペテロなど「十二使徒」がまず筆頭であり、マグダラのマリアは最下層だろう。マリアは、元娼婦として蔑まれ、男の弟子たちにも相手にされていなかった。社会で孤立し屈辱の中に生きてきたマリアには誰も頼る者がいなかった。それなのにイエスは、自分を蔑まず、分け隔てせず他の弟子たちと同じく人間として扱ってくれた。

イエスがローマ兵に引っ立てられ、十字架刑に処せられたとき、男の弟子たちは、クモの子を散らすように逃げ、ガタガタ震え「イエスなど知らない」と嘘をつき逃げ回っていた。「鶏が鳴く前に三度、私を知らないと言う」と、イエスは、ペテロなど男の弟子たちの臆病さを予告していた。

しかし、イエスの母マリアとマグダラのマリアなど女たちは、自分たちがイエス縁故の者であることを隠さず、ローマ兵の前に姿を現した。イエスの処刑後、マグダラのマリアは、イエスの遺骸を引き取ろうと墓を訪れたが、そこにはイエスはいなかった。途方に暮れているマリアに「マリアよ」とかける声があり、マリアはただちにその声がイエスのものだと識別し、「ラボニ」（「先生」の意）と返答した。

差別とは、変更不可能あるいは困難な属性に拠る偏りある言動であろう。もちろん、理念的には「n個の性」を云々することはできても、生物学的性を変更することは困難であり、イエスは、あらゆる差別の根底にある女性差別をラディカルに解体したのである。

ここで想起されるのが、結婚理由として幸子夫人が挙げた杉原千畝の女性差別の排除である。幸子夫人は、戦前の日本には「そんな男性はほとんどいなかった」とした千畝の徹底した平等観は、もちろん千畝がキリスト者であったことと密接に関係していた。

ルーマニアの反ユダヤ主義

カウナスを後にした千畝が向かった最後の任地は、ルーマニアのブカレストだった。『六千人の命のビザ』にも、幸子夫人がルーマニアの首都のブカレストの家に、フィンランドの作曲家シベリウスから贈られたレコードを忘れて取りに戻ったというエピソードがある。

幸子夫人の手記『六千人の命のビザ』には、ルーマニアのミハイ国王と千畝の子どもたちとの出会いについての言及があり、当時のルーマニアでのユダヤ人の境遇を示すエピソードとなっている。

「偶然、ひとりで車を走らせていたルーマニアのミハイ王に出会ったのです。私たちが赴任した頃、王位を継承されたかたですが、〝笑いを忘れた王様〟と呼ばれていました。この王様の祖父だったフェルディナンド王が亡くなった時に、ミハイの父であるカロルは、〝二十世紀のクレオパトラ〟と呼ばれたユダヤ人のルペスク夫人との恋愛を問題にされ、後継者の座を追われてフランスに住んでいましたので、まだ六歳だった幼いミハイが一国の王様として即位されたのです。しかし三年後の一九三〇年に、カロルが帰国され王位を要求し、カロル二世として即位されました。この即位にはユダヤ人のルペスク夫人と別れることが条件だったのですが、カロル二世は王位に就かれるとこの約束を破ってルペスク夫人をフランスから呼び寄せ、独裁政権を樹立したのです。一九四〇年にアントネスク将軍によってカロル二世は退位させられ、再びミハイ王の時代になりましたが、実際には首相になったアントネスクが作った軍人内閣による独裁政権でし

た。幼い頃から政治権力を求める人たちの間で弄ばれたミハイ王は笑えなくなったということでした」（九八頁）

どの政治家も民族主義の扇動でのし上がってきた当時のルーマニアでは、民族主義そのものは、人を際立たせる特徴とならず、反ユダヤ主義が政争の重要なファクターになっていることを端的に示すエピソードであろう。

ルーマニアの強烈な反ユダヤ主義の鼓吹者としては、ヤシー大学のクーザ教授が知られている。ドレフュス事件の際の反ユダヤ主義の領袖エドゥアール・ドリュモンの著作に強く影響されたクーザは、一八八三年ブリュセルで最初のルーマニア社会党の雑誌『ダキア』を出版した、若き社会主義者グループの一人であった。

民族主義的信念と社会主義的関心を折衷したクーザは、後に徹底した保守主義者となり、マルクス主義と自由主義を敵視するシャルル・モーラスの思想に鼓舞されていた。大学で老クーザの講義に感銘を受けたのが、後に「鉄衛団」の名で知られるファシスト組織の創設者コドレアヌである。

コドレアヌが法学部でクーザの講義を聞く頃までには、老クーザは、ルーマニア屈指の反ユダヤ主義者というより他には取り柄のない人物になっていた。しかし他ならぬこの反ユダヤ主義こそ、コドレアヌを捉えて離さぬものであった。学内の左翼思想の蔓延をユダヤ人学生の多さと短絡させたコドレアヌは、まず手始めにユダヤ人を学内のクラブや寄宿舎から叩き出し、ユダヤ系の学生新聞の印刷所を襲ったりして、その凶暴な素行で悪名をはせた。

コドレアヌは当初、クーザ教授などヤシー大学の一部教授団が学内に創設した、「キリスト教民族防衛同盟」という名の反ユダヤ主義団体に属していた。この団体は、ユダヤ人を官庁、軍、教職から追放することを主張する一方、資本主義にも反対の立場を鮮明にし、土地はそれを耕す者が所有すべきものと唱えて、次第に全国に組織を拡大していった。しかし、一九二六年の総選挙では、同盟の得票数は全体の五パーセントに過ぎず、翌年の総選挙の直前、議会での多数派形成を目指すだけでは飽き足らないコドレアヌは、「アルハングル・ミカエル軍団」なる組織をつくり、みずから隊長におさまった。コドレアヌとその同志たちは、農繁期など農村に団員を派遣し野良仕事の手伝いをさせるなど地道な努力を重ねた結果、農民たちの間で人気が沸騰した。一九三〇年になると、コドレアヌは「鉄衛団」なる全国規模の大衆政党をつくり、ユダヤ人と共産主義と闘うことを訴えて、主として農村部でその勢力を広げていった。

カロル二世による国王独裁は、民衆的な基盤を持つ「鉄衛団」の右翼急進運動と国民の支持を争っていた。一九三八年二月、カロル二世は、「鉄衛団」を含むすべての政党と議会を解散させ、単一政党「民族再生戦線」を創設し、さらに新憲法により国王の独裁権を強化したカロルは、コドレアヌと党幹部を逮捕し殺害した。有機的な民族主義、家庭、教会、労働といった国王独裁のプロパガンダは、しかし「鉄衛団」のそれと大きく変わるものではなく、疑似急進的、半ファシスト的な茶番で、鉄衛団を出し抜き、その思想的な魅力を横取りすることが目的だった。

両次大戦間のルーマニアは、君主主義と鉄衛団のファシズムにわしづかみにされ、文化的環境もその例外ではなかった。

一九九八年の秋、パリのストック社から一冊の翻訳が出版され物議を醸した。ミハイル・セバスティアンの『日記 一九三五―一九四四』がそれである。ルーマニアのユダヤ系作家のこの日記は、両次大戦間から戦中のルーマニア文壇の克明な記録であり、批評家エミール・シオランや宗教学者ミルチア・エリアーデなどの著名人たちの鉄衛団への加担が、白日の下にさらされたのである。

エリアーデは、「なぜ私は鉄衛団の勝利を信じるのか」(『ブナ・ヴェスト』一九三七年一二月一七日号)と題する記事でこう言う。「ルーマニア国民は、貧困と梅毒に憔悴し、ユダヤ人に浸食され、外国人にずたずたにされ、くたばってしまうのか? 鉄衛団は、コドレアヌの言うように、国民の贖罪という至高の目的を持っている」。

また、シオランは一九四〇年のクリスマスの記事で、「彼は、奴隷となった国民に名誉を吹き込み、骨のない軍団に誇りの感覚を与えた」とコドレアヌへの熱狂を隠さない。

反ユダヤ主義を標榜するファシズム文化に浸食される、多くのルーマニア知識人のなかで、こうした潮流に批判的だった尊敬すべき人物として、一人の作家が日記に登場する。

第二次大戦後のフランスで活躍する劇作家ウージェーヌ・イヨネスコである。劇作「犀」（一九五七年）でナチズムと鉄衛団のファシスト運動の激化を悪夢として描いたイヨネスコ自身が、文芸評論家のクロード・ボヌフォワとの対談でこう述べている。

「私にはかなりの数の友人がいましたが、その多くが、一九三二年から三五年に、ファシズムに転向していきました。ブカレストには、心を引き裂く苦悩があったのです。孤独感が次第に強くなっていきました。私たちは、襲いかかってくるスローガンやイデオロギーを拒む少数派だったのです。政治活動の面だけではなく、ごく単純な精神的・知的抵抗、表には出ない抵抗すらも難しいことでした。大学の教授が学問的な教説を新聞などで述べ立て発表したり、全体的な雰囲気としても、とにかく周囲の動向全体が自分とは逆方向を向いている時、若者たちが抵抗したり、丸め込まれたりしないようにすることは、まったくもって難しいことだったのです」

イヨネスコは、一九三九年妻と共にフランスへ移住。ルーマニアが枢軸国側として参戦すると帰国を余儀なくされるが、結局四二年にまた渡仏し、五〇年、パリのノクタンビュル座で「禿の女歌手」の上演にこぎつける。さまざまな言語実験による不条理劇「ヌーヴォー・テアトル」の旗手の誕生である。

イヨネスコには、一篇だけ文学史に載っておらず、他とは趣きの違った劇作がある。これは、新進作曲家ドミニック・プロブストの求めに応じて書いたオペラ台本「マクシミリアン・コルベ」(一九八八年)がそれである。台本の原稿は、ウージェーヌ・イヨネスコの令嬢、マリー＝フランス・イヨネスコ氏の所有するもので、モーリヤック研究家のクロード・エスカリエ教授が翻訳権を取得し、私が邦訳の依頼を受けた。「不条理から聖性へ」というエスカリエ氏の解説を付したこの劇作は、これまであまり知られていなかったイヨネスコの信仰の探求の到達点を示す傑作である。アウシュヴィッツ強制収容所の営庭から始まる劇作は、囚人に慰めと励ましを与え、最後に息絶えるコルベ神父の殉教を扱っている。

コルベ神父は、一九三〇年にゼノ修道士らと来日し、長崎に聖母の騎士修道会を作り、神学校で教鞭を執った。ゼノ修道士は、戦後上京し、隅田川沿いにできたスラム街「蟻の街」を作り、蟻の町のマリアと呼ばれた北原怜子などと戦災孤児の救済に生涯尽力し、その献身的活動は、五七年五所平之助監督によって映画化された。

先の台本の原文をつぶさに検討した私は、もちろん大きな共感を懐いたが、一つだけ奇異の感があった。それは、劇作や同作を論じたイヨネスコの文章に、「ユダヤ人」への言及が、ほとんど出てこないことである。それは、アウシュヴィッツというテーマを扱い、イヨネスコの母方がユダヤ系であり、またイヨネスコ自身が、「ユダヤ人の思想や宗教的伝統にも関心を持ち、いかなる形態の反ユダヤ主義にも、激しく反対」したことを思えばいよいよ奇妙であろう。

イヨネスコによるユダヤ人への奇妙な沈黙の理由は、いまもわからない。

オペラ「マクシミリアン・コルベ」は、一九八八年八月二〇日、イタリアのリミニで熱狂する七千人の観客の前で幕を開けた。そして一年後の八九年一〇月七日、オペラは、ポーランドのブラデツキーによりフランスのアラス大聖堂で再演され、その後数十カ月の間、ドイツ・オーストリア・ポーランドのアウシュヴィッツ近郊で上演された。

八　今だけ、金だけ、自分だけ

——新自由主義がもたらしたもの

世界を荒廃させる新自由主義

われわれは〈暴力〉というと外戦ばかりに目が行きがちだが、国内の極端な格差や貧困といった構造的暴力も戦争の原因となり得る。

戦前の日本は、台湾や朝鮮半島を植民地とし、国際連盟から南洋群島を信託統治領として支配していた。その領土は現在の約五倍、人口は半分だった。それなのに、「国土が足りない」「食糧が足りない」などと不満をかこっていた。

それはなぜか？

少数の地主たちが土地を独占して、多くの農民が小作農として貧困を強いられたからである。

だから、戦前に「農地改革」があれば、日本は戦争などしなくて済んだのである。

周知のように、広島の原爆犠牲者への慰霊碑には「安らかに眠って下さい。過ちは繰り返しませぬから」と書かれている。しかし、われわれが「過ちを犯さぬ」ためには、過去の歴史を振り返り、その失敗の原因を探り、同じ道をたどることがないよう常日頃注意しなくてはならないだろう。注意を怠れば、われわれの行く道に戦争が待っているのだから。

現在欧米と日本を席巻している新自由主義的な構造改革は、当初は二〇世紀前半を支配したナチズム、ファシズムやスターリン主義など全体主義的な政治介入への批判から出発している。例えば、経済学者の本山美彦は、『金融権力―グローバル経済とリスク・ビジネス』（岩波新書、二〇〇八年）のなかで、フリードマンから五千ドルで論文を買い取った、米シカゴ・マーカンタイル取引所のメラメド会長のエピソードに触れた後、「杉原ビザ」によって来日した際の日本の難民局で、役人たちが到着した難民を利用してサイドビジネスを行った逸話を紹介している。

「日本からの出国のために難民たちは、五千円を銀行に支払って公的レートで五十ドルを買わなければならなかった。そしてその五十ドルは、難民局に預託された。なんと、役人たちは、その五十ドルを闇市場に流し、五千円より多い金銭を獲得した」（一一八頁）

難民局がそのもうけで次に流入する難民救済に使ったと弁護するメラメドは、公務員が公金を投機に転用するのはけしからんと言いたいのではなくて、「どのような局面においても、闇市場の方が、権力よりも民衆に有利なレートであることを、彼は強調したいのであろう」（同右）と本山は推測する。しかし同時に本山は、戦前のヨーロッパの全体主義からの「自由」と、市場個人主義的な選択と競争が最大限に促進されるネオリベ的な弱肉強食の「自由」を短絡させる度し難い議論に対して、こうも批判を加えている。

「ユダヤ人の塗炭の苦しみの経験からくる権力への憎悪。それは分かる。しかし、彼らはアメリカの権力にはすがる。その同じ彼らが、逆に外国政府の権力行使を強く排除するのである。やはり、これはご都合主義的な反権力論＝市民論ではないだろうか」

新自由主義（ネオリベラリズム）が、「アメリカの権力」だけは例外に置き、一方で「外国政府の権力行使を強く排除」する、見せかけの「反権力論＝市民論」を批判する本山の指摘は、ネオリベを支えるポピュリズム的扇動と軍備拡大や管理強化との不可分を的確に突いている。フリードマンやメラメドは、民主主義の存続そのものが、経済的自由に政府がどの程度の限度を課しうるかに依存していることを理解していない。

これまで歴史の改竄が問題になる場合、例えば南京事件やホロコーストなどに関して、国史を美化したい政治的極右による「後ろからの」歴史修正主義がほとんどであったが、イスラエルや中東情勢に関連して、現在の米国に支配的な政治・経済的潮流に迎合するかたちで過去を捏造する、つまりあらゆる経済規制や関税障壁を撤廃することを、ヒトラーやスターリンによる全体主義的な経済干渉の排除として正当化する「前からの」リヴィジョニスムにも、歴史を学ぶ者は警戒する必要があるだろう。

経済の「規制緩和」や「民営化」をやみくもに礼賛する日米共通の風潮は、問題多いものである。ブッシュ大統領によって遂行されたイラク戦争では、このネオリベ的風潮の害悪が劇的なかたちであらわれた。古代中世以来の「傭兵」とは別種の「傭兵」が出現したのである。戦争犯罪が起こった際に米国に累が及ばないように配慮された、戦争のアウトソーシングとしての「傭兵」である。イラク戦争の報道で、アメリカの民間人が殺害されたと報道され、なぜ戦場に米兵ではない民間人がいるのかと日本人を驚かせたが、それは「ブラックウォーターＵＳＡ」など軍事請負会社の社員、つまり元米兵の殺しのプロであった。

また、キューバ東南部のグァンタナモ米軍基地における捕虜の虐待は、米国内でもなくキューバ国内でもない、軍法会議のみが適応される基地内の収容所で行われた。ちょうど金満家がさらなる利潤を求めてタックスヘブンを求めるように、ネオリベ経済は、法の抜け道を探し、その名称とは裏腹に、「自由」も法の支配も民主主義も崩壊させてしまうのである。

もちろん、メラメドの一家が杉原ビザで死地を脱したのはよいことである。しかし、それはメラメドが主張する経済市場における「自由」という考え方が妥当であるということとは別の話である。

世界中を液状化させ、モラル・ハザードをもたらしたネオリベという地獄への道は、善意で敷きつめられているのである。

新自由主義的な構造改革の弊害

さて、通常終生在位するローマ教皇だが、ベネディクト一六世は健康上の理由で引退し、その後をフランシスコが引き継いだ。イエズス会出身で初めての教皇フランシスコは、ポーランドの自主管理労組「連帯」を支持して東欧とソ連の全体主義体制の崩壊のきっかけを作ったヨハネ＝パウロ二世の衣鉢を継ぎ、世界の貧困と社会問題に深い関心を抱き、二〇一三年『福音の喜び』（日本語版、カトリック中央協議会、二〇一四年）という教書を発表した。

うかつなことに私は、当時そのタイトルだけを見て、教義を解説する教書と勘違いしたが、作家の田中康夫氏が、まだ翻訳も出ていない段階で、この教書を「新自由主義的な構造改革、とりわけトリクルダウン理論のまやかしを批判する重要な社会教説」と指摘されたのに驚き、改めて新教皇の洞察力に感嘆した。

ピノチェトのチリ、サッチャーの英国、ブッシュのアメリカ、サルコジのフランスでみじめな失敗をし、西欧や北欧で新たな道の模索が始まっているときに、日本では、自公政権が、竹中平蔵氏ら周回遅れの経済学者を諮問委員にして、社会を分断し、〈格差〉を広げ、人心を荒廃させている。

荒廃する社会のただ中で

さて、前任者たちよりは多少は見識があると思われていた岸田首相は、単に「漢字が読めるアベ」に過ぎなかった。教育や福祉には「財源がない」のに、次々と他の予算が転用される防衛費は、世界第三位の軍拡を目指し、浜田靖一防衛相の「防衛産業を魅力的なものにする」という発言には驚かされる。結局、岸田首相の唱える「新しい資本主義」とは、格差を広げ、「今だけ、カネだけ、自分だけ」の物象化を促進し、アベノミクスの悪いところを凝縮し一部の富裕者にだけ富を集中させ、国民の大半を貧困化させるものに過ぎなかった。

二〇世紀前半までの産業資本主義では、さまざまな商品や製品を生産する資本が国家と結びつき、資本のあげる利益が国家の利益に繋がり、国家がその利益を再配分することによって国家の安定が図られてきた。ところが交通と遠隔地通信手段の発達によって世界が緊密に結びつくようになるとこうしたシステムが崩壊し、中心的な企業が多国籍企業化すると、自国内の労働力が高ければそれを使わず他国に出て行って安い労働力を使いつつ世界の経済競争に勝とうとする。

中曽根元首相がレーガノミクスを称賛した一九八〇年代が重要な転換点であり、多国籍企業は、この市場原理を中核として「小さな政府」を要求し、小さな政府では、こうした新自由主義的な構造改革を維持するために国外との貿易の自由を原則とし、国有という形で国民の手中にあったものをあえて外国資本に売り渡すことが国家の役割になる。かくして、現代の日本では水道事業のような基幹産業さえ外国資本の参入が当然となる。もちろん、当初の入札の際は各企業の安売り合戦によって価格は下がるが、やがて勝者が決まると自由に価格を設定できるようになり、いわゆるモノポリー（売り手独占）という状態で、国民は以前より多い出費を余儀なくされる。

ピノチェト時代のチリから始まる新自由主義的な構造改革においては、この新自由主義がめざす自由市場の原則に忠実な適応が自然に行われることは不可能なので、この秩序やシステムを危機にさらす要素を排除するため予算が肥大し、その予算は外敵に対する国防のための軍事だけでなく、国内では警察を通して国民について発動される。

このように資本と企業によって世界中が食い潰されていくと、富めるものと貧しいもの、そして富める国と貧しい国の格差はいよいよ広がり、中産階級は空洞化して没落し、そのわけもわからず貧しくなっていく「寄る辺なさ」こそ、実体のないナショナルなものを生み出す源泉なのである。したがって、現代社会で〈右傾化〉と呼ばれているものは、従来のようなナショナルなものの復活ではなく、徹底して実体のないナショナリズムのイメージを反復することによって没落する中産階級を慰撫し、自分たちのよって立つ足元を切り崩す大資本の共犯に仕立てるための大がかりな詐欺装置なのである。

アベノミクスとは、レーガンと昵懇だった中曽根首相の時代の新自由主義的な構造改革の国家資本主義による先鋭化であり、この挫折を運命づけられた体制は、国民の愚鈍な無気力に相まって、ましなことを考えている人間を間断なく程度の低い隷属者に堕落させる奇怪な詐欺装置だった。こんなひどい政治が続けば、恋愛という言葉からロマンティックな含意は剥ぎ取られ、結婚は「源泉徴収票の交換」となり、教育は「将来の見返りを期待した先行投資」と見なされ、やがて日本は、コンビニとサラ金とツーバイフォー建築だらけの画一化されたのっぺらぼうの街だらけになるだろう。


「強いところが益々強くなり後は淘汰に任せる」市場原理主義によって、日本社会はいよいよ貧困化し、寒空の中、街中にはホームレスが激増している。とりわけ、新宿や池袋といった東京の大きな駅周辺にホームレスの人々が多い。

通勤を急いでいた私は、ある日白髪のホームレスを見かけ、キオスクに引き返し、おにぎりとお茶を持って行った。すると、その老人は立ち上がり手を合わせ、動揺した私は涙がこぼれた。

駅の周辺でホームレスを見かけると、リウマチでもう立ち上がれなくなった亡父を思い出す。曲がり節くれた指が動かず、かゆいところを掻くこともできなくなった老いたる父の姿が脳裏をよぎる。

「もう一度宇和島に帰りたい」という父の言葉に、まだ蒸気機関車だった予讃線に乗り父の故郷を目指した幼い頃の記憶がよみがえった。

そしてまた、私が生まれたその日から父が日記とアルバムに書き続けた「正しい人間になれ」という呼びかけが聞こえて来た。

あとがき

伊予弁と外国語

ここまで父が生まれてからほぼ一世紀にわたるわが家の歴史を書いてきた。私は愛媛県の松山市で生まれたが、三歳の頃上京したので、当時の記憶はほとんどない。それでも母の生まれた松山や父の生まれた宇和島を〈故郷〉と感じるのは、帰郷した際に耳にする言葉だ。上京してからも、父と母そして祖母は、家内では伊予弁で話していた。

母と祖母は、私が小学生の頃に、ＮＨＫの朝に放映されていた「おはなはん」という連続ドラマに夢中だった。明治中期に愛媛県の大洲《おおず》出身という設定の「おはなはん」は、軍人と結婚するも夫は早逝し、女手一つで幾多の困難を乗り越えながら、人生の苦難を乗り越えていく。今にして思えば、母と祖母は、早くに祖父を亡くし苦労続きだった自分たちの人生を「おはなはん」に重ねて見ていたに違いない。ドラマの登場人物は、紛れもなく母や祖母と同じ伊予弁を話していた。「がいな」「よいよげさくな」「へこだすい」「むつごい」等々の伊予弁は、かなりの文字を費やさないと東京の人間にはわからないだろう。

上京した学生の中に、ときに方言や地方出身であることを恥じる者がいるが、大きな間違いだ。標準語とは、明治政府が徴兵と納税の都合で、東京の山の手言葉と翻訳語を折衷して作った人工語で、平準化された〈国民〉を作るための政治装置なのである。

フランス革命の時代、ジャコバン政府もまた、「政令はフランス語たるべし」との命令をフランス全土に発し、ブルターニュ、アルザス、コルシカなど地方の方言を抑圧していった。

アルフォンス・ドーデの『月曜物語』にある短編「最後の授業」はまったくの作り話だ。普仏戦争に敗北した結果、アルザスがプロイセンに併合され、アメル先生はドイツ語しか教えてはいけないと命じられこう言う。「フランス語は世界でいちばん美しく、一番明晰な言葉です。そして、ある民族が奴隷となっても、その国語を保っている限り、牢獄の鍵を握っているようなものです」。

アルザス語は、ドイツ語の方言であり、アルザスの人々にとってドイツ語はなじみの言語で、アメル先生の発言と、当時のアルザスの言語状況はまったく整合しない。一八七三年に発表されたこの小説は、敗戦後のフランスのナショナリズムと対独復讐心に訴え掛ける政治的プロパガンダであり、アルフォンスの息子のレオン・ドーデは後にフランス最大の右翼組織「アクション・フランセーズ」の大立て者になる。

アルフォンス・ドーデのサロンは、バルベー・ドールヴィイなど反共和主義的な思想を持つ右派知識人のたまり場であり、ドレフュス事件の際の反ユダヤ主義の領袖であったエドゥアール・ドリュモンの悪名高い反ユダヤのパンフレット『ユダヤのフランス』は、他ならぬこのアルフォンス・ドーデの推挙で世に出たのだった。

二〇一二年、第二次大戦中にアルザスからドイツの軍需工場に送られた二人の少女の運命を描いた「定められし運命」という映画が封切られた。

緒戦で北フランスを占領したナチス・ドイツは、元々ドイツ系の多いアルザスとモーゼル地方を併合し、青年たちをドイツ軍に組み込み、少女たちは爆弾を作る工場に送られた。爆発事故が起こり、アリスとリゼットは親衛隊の少尉に責任を追及されるが、シュタイナー少佐は「極限状況での作業だから」と理解を示す。

しかし、少佐が一週間不在の間、二人は金髪碧眼のゲルマン民族を育成するレーベンスボルンに送られ、リゼットは無理矢理妊娠させられてしまう。必死に施設から逃げる二人をドイツ人の男が助けるが「匿うことはできない」と告げられる。シュタイナー少佐から渡されていた、もしもの時の連絡先に電話してくれるよう頼み、少佐が迎えに来る。そして、少佐は伯母のシスターのいる女子修道院に二人を預ける。

そして、リゼットは女の子を出産するが、婚約者のアンリを思い絶望して自殺する。母を求め

コールマールの街並み

て泣き叫ぶ赤児をアリスが抱き上げ、乳を含ませると赤児は大人しくなる。それを見ていたシュタイナー少佐は、「私の職業は法学者。この場合親権に関しては複雑だが、自分と結婚しないか？」と持ちかける。冗談だと笑い飛ばしていたアリスに、「でも私は愛しているから」と静かに述べる。

時代が下り、老境を迎えたアリスが、第二次大戦中の困難な時代をジャーナリストに語る場面に転じ、そこに白髪のシュタイナーが入ってくる。……

この「定められし運命」の原題はMalgré-ellesというもので、この言葉は、アルザス・ロレーヌ地方を二〇〇八年に家族で旅をしている最中に初めて聞いた。

日本同様に、フランスの地方線は本数が少なく、特にクリスマス時期になるとなおさらだ。まずストラスブールに行ったわれわれは、次の列車が遅すぎるので、タクシーでコルマールまで行くことにした。宮崎駿監督の「ハウルの動く城」のモデルになった宝石箱のような街だ。

「このあたりの歴史は興味深い。特に第二次世界大戦の際にドイツに併合されドイツ兵として徴用された『マルグレ＝ウ』(Malgré-eux) の歴史は複雑だ」と私はタクシーの運転手に切り出し、その後コルマールに着くまでその話をしていた。

マルグレ＝ウとは、直訳すると「彼らの意に反して」の意で、ドイツ軍に徴用されたアルザスやモーゼル地方の成年男子のこと。運転者は「『マルグレ＝エル』(Malgré-elles) というのもある」というので、私が「工場で働かされた女性のことか？」と尋ねると、「そうだ、女工とか看護婦だ」と言う。

映画の中の金髪碧眼の子どもを作るレーベンスボルンの話は、いかにもとってつけたような逸話だが、言語と民族にまつわる妄想が、特に近代以降の歴史で幾多の争いと悲惨を生み出してきたことは事実だろう。

われはまたアルカディアにありき

一七世紀のフランスの画家ニコラ・プッサンの作品に「アルカディアの牧人」がある。その絵の中央の石垣にある Et in arcadia ego というラテン語は、「私、死はアルカディア（理想郷）にさえも存在する」と解すべきか、「私もまたアルカディアに生きた」と読むべきかと長い間議論されてきた。そうした議論が起こるのも、人間が「自分が死ぬ」ということを知っているからだが、それは人間が言語を持っているからである。

この言語によってわれわれは自分の思考を伝えるが、同時に思考を否定する。というのも、われわれの思考は、つねに言語の向こうかその手前、言語のかからないところ、言語とは別のところにしかないからである。

コリント人への手紙にある有名な聖句「文字は殺し、霊は生かす」が示すように、言語には死が刻み込まれている。死は生に立ちはだかり、生を限界づけ、生にはつねに死が陰のようにつき従い、生に熱と光を与える。それゆえ、死なない者は生きないとも言えるだろう。

大戦末期に予科練に志願し、当初は一九四五年の秋頃に特攻攻撃に参加するはずだった父、その父の死を見つめなおすことがなければ、おそらく私はこのささやかな本を書くこともなかっただろう。

さて、私が学校で学んで一番良かったと思うことは、英語、ドイツ語、フランス語、ラテン語など多くの外国語を学んだことだ。

ドイツ語は、エルンスト・ユンガーやヘルダーリン、ゴットフリート・ベンなどを読むため、フランス語は、メリメやジャック・ド・ラクルテル、ドリュ・ラ・ロシェル、ベルナノスやモーリス・ブランショなど、それまで翻訳でしか接することができなかったものを原書で読むため、ラテン語はペトラルカやキリスト教関係書を研究するためという各々実践的目的があり、動詞の活用表を通学途中で覚え、フランス図書やゲーテ書房や銀座の教文館に通ったことを昨日のことのように思い出す。

大阪外国語大学（現大阪大学外国語学部）のインドネシア語学科出身の父も、インドネシア語の他に、英語、中国語、スペイン語、アラビア語などを学び、親族の多くも英語以外の言語を解した。平凡なサラリーマンの家庭に似つかわしくないほど多くの蔵書とさまざまな言語の辞書や書籍に囲まれて、私は青少年時代を過ごした。父も私も、母語とは違うさまざまな言語に囲まれて生きてきた。

外国語を学ぶ利点は、やはり母語の日本語を改めて〈言語〉として意識することだろう。ヨハネ福音書の冒頭のロゴス賛歌で「はじめに言葉があった」というように、言葉は人間と社会を結び、人間のあらゆる創造物を支える礎だ。もちろん、ここにロゴスと言うのは、当時の地中海世界で流通していた言葉がギリシア語であったからで、ユダヤ人であるヨハネの念頭にあったのは、ロゴスと翻訳されたヘブライ語の「ダーバール」である。

『言葉の捕囚―聖書の沈黙からアウシュヴィッツの沈黙へ』（西村俊昭訳、創文社、一九八四年）において、旧約学者のアンドレ・ネエルは、「ダーバール」という表現力に富むヘブライ語について、こう説明している。

「ダーバール、聖書の中に幾千回も繰り返して現われる語、幾十もの意味を持ち、エドモン・フレッグやブーバー、ローセンツヴァイクのような人たちさえ、直訳に執心するのを断念せしめ、ダーバールを訳すのに、以下の可能性、物、事、物体、言葉、出来事、啓示、命令、等々のうちどれかを選ぶことを余儀なくさせる語」

天地創造の場面で、神が「光あれ」という言葉を発したことと、混沌から光と闇が分けられたことが同時であるのは、言葉であり同時に出来事でもある「ダーバール」の能動的働きによるもので、ユダヤ人は、そのヘブライ的世界で言葉というものの創造性を凝視して来た。

数十年にわたる私の人生もまた、言葉をめぐり、人間と社会、思想と信仰について考えまた行動する「奇妙な旅」であった。松山と宇和島への旅は、歴史を遡行することによって再び再開された父との対話でもあった。

正岡子規ゆかりの古刹・正宗寺にあった母方の佐伯家の墓も、祖父が早くに亡くなり、戦後の農地改革で宗家が没落してから、訪れる人も一人減り二人減り、伯母が亡くなってからもう訪れる人もいなくなり、墓じまいとなった。

父方の墓地は、村全体で管理しているらしく、手入れも行き届いており、三間の水田地帯を見下ろす高台にある。幕末に曾祖父の良太郎が建てた天井の高い家は建て直されていたが、玄関前の松浦家の田畑の光景は、子どもの頃私が見た光景と変わりなかった。

愛媛に帰り伊予弁を聞くと、まるで亡くなった父が側にいるような気がした。そして、ちょうど版画家のピラネージや一七世紀のフランスの画家のクロード・ロランがローマの廃墟に古代の

あとがき

ローマを思い描いたように、道行く人の伊予弁のちょっとしたニュアンスによって、私の脳裏に遠い過去が重ね書きされていった。

幼い頃に戻った私は、また毎日遊び戯れる「永遠に続く夏休み」の中にいた。「終わる」というのがどういうことか、幼い頃わからなかった。親はいつも微笑みをたたえ、この幸せな子ども時代が永遠に続くと思っていた。

しかし、ある日父がこう言った。

「セミは一夏鳴けば死んでしまうから、あまり採ってはいけない」と。

父にしてみれば当たり前のことを言っただけだが、幼い私には「物事には終わりがある」という断言は衝撃だった。そして、セミが一夏で死に絶えるなら、この楽しい子ども時代もいつか必ず「終わる」と思い動揺した。

灼熱の太陽が沈み、あたりには静かな草原が広がっていた。

ふと見ると、すすきの穂先にとんぼが止まっていた。これまで遊び戯れていた頃にはなかった、名状し難い悲しみがこみ上げて来た。

家に帰ると、大きな鏡の中に父がいた。

しかし、それは初老を迎え父に似た自分の姿だった。

資料編

捏造される杉原千畝像

――歴史修正主義者による戦争犯罪のゼロサム・ゲーム

（初出：『世界』二〇〇〇年九月号掲載論文を元に加筆・改訂した）

戦時中、ユダヤ人六千人分のビザを発給し命を救ったとされるリトアニア副領事杉原千畝。
彼の行動の真意は何だったのか？
その背後には日本政府・軍部の方針があったからだとの説が、根拠もなく語られている。
その言説には、日本の戦争犯罪を隠蔽しようという意図がまとわりついている。

第二次大戦中、ナチスの迫害から逃れるためリトアニアに脱出したユダヤ人難民に日本通過ビザを発行し、数千名の命を救った日本領事杉原千畝（一九〇〇―一九八六）に関する話題が盛んである。

千畝の名前を広く知らしめたのは、言うまでもなく、一九九三年に刊行された杉原夫人の回想記の新版『六千人の命のビザ』（大正出版）である。同書を受け、篠輝久の『意外な解放者』（情報センター出版局、一九九五年）、中日新聞社会部による長期取材ルポ『自由への逃走―杉原ビザとユダヤ人』（東京新聞出版局）などが九五年に上梓され、その後も、千畝自身の「手記」を含む渡辺勝正の『決断・命のビザ』（大正出版、一九九六年）、杉原誠四郎の『杉原千畝と日本の外務省―杉原千畝はなぜ外務省を追われたか』（大正出版、一九九九年）などが刊行され、千畝研究の端緒が開かれた。また、カウナスでビザの受給交渉に当たったゾラフ・バルハフティクの『日本に来たユダヤ難民』（滝川義人訳、原書房、一九九二年）や領事館の近所に在住していたソリー・ガノールの『日本人に救われたユダヤ人の手記』（大谷堅志郎訳、講談社、一九九七年）にも千畝に大きなページが割かれ、当事者しか知り得ない委細が語られている。これらの著訳書はいずれも特色あるもので、読者は、さまざまな視点から見た多角的な千畝像を知ることができるだろう。

これらの研究書にくわえ、一九九八年、アメリカの歴史学者ヒレル・レビンによる浩瀚な研究書（*In Search of Sughala,* The Free Press,1996）の翻訳が刊行された。諏訪澄・篠輝久監修訳の『千畝』（清水書院）である。同書は意欲作ではあるが、あまりにも誤記が多く、単なる史実の誤認にとどまらない大きな問題をはらんでいるように思われるので、その問題点を以下に具体的に指摘し、昨今の千畝をめぐる議論とその背景について検討してみたい。

杉原千畝の評価に見られるご都合主義

『千畝』の翻訳は、外交史料館で整理され一般に公開されている、いわゆる「杉原リストの発見は多くの日本人を喜ばせた」という要領を得ない話で始まる。後にレビンが『中日新聞』

（一九九八年九月一一日付）に語ったところによれば、「外務省外交史料館で夜遅くまで格闘した末の発見だった」そうである（ちなみに、外交史料館は午後五時閉館）。

このような苦心談（?）を聞けば、多くの読者は、ライシャワーからチャルマーズ・ジョンソンに至る米国における日本学の蓄積を想定するだろう。筆者もまた、初めは枚挙されるインタビューに感心したものだが、日本の歴史と文化に関する奇妙な記述が散見されるので、原文を照合したところ、そのあまりに杜撰な内容に愕然とした。

『千畝』の翻訳が良心的でない第一点は、完訳でないにもかかわらず、そのことがどこにも明示されていないことである。この翻訳には、原文からの削除、改竄、文や段落の並び替えなどの「監修」が各所に施されている。第二点は、学術書の体裁を装いながら、研究書には必須の出典が添付されておらず、レビンの問題多い諸説がいかなる文献にもとづいているのか分からない点である。

原著の巻末文献を閲覧してまず驚かされることは、日本語の研究書がないことである。原著まで購入しようという読者は少ないであろうから、翻訳のみを読んだだけで、原著者が日本語を解さないなどということは、まず想像できまい。

監修者の諏訪は、千畝の前妻クラウディアの発見に対して「広範で徹底的事実調査に脱帽」するなどと称しているが、特にクラウディアにふれた第二章におけるインタビュー取材には、明確に疑わしいものがある。

例えば、満州時代の話を聞きに千畝の実妹にレビン自らインタビューしたという場所が、原文（岐阜市）と翻訳（一宮市）では異なる。原著者と訳者の篠の間には、他にも理解の不一致があり、家族が「悪名高い反ユダヤ主義の指導者」セミョーノフの軍隊に属していたとされる千畝の前妻クラウディアが、「ユダヤ人医師ドーフ」と再婚したとレビンは主張するのに対し、訳者の篠は、『意外な解放者』のなかで、「クラウディア・セメノビナ・ドルフ」を「信仰深いロシアのクリスチャン」としている。後書は、レビンのクラウディア情報取得を明示する注記にある日付（一九九五年五月）の三カ月後に刊行されたものである。原著者と訳者の理解は両立し得ない。

しかし、『千畝』の翻訳で、もっとも人を唖然たらしめるのは、巻末に付された諏訪の「監修者あとがき」であろう。

諏訪はまず、杉原夫人の回想記の主張の信憑性に疑念を呈し、レビンの指摘する結婚年の記載の「一年のズレ」について敷衍する。「ヴィザ発行の動機を徹底的に解明するため」にレビンが「不確実さを嫌」うとするが、結婚年の誤記とビザ発給の動機が密接に関係するなどと考えるのは、おそらく諏訪以外にはいないであろう。

また、千畝の「行為を無条件的に、何の留保も付けずに礼賛するのは、国家とか組織への反抗こそが、〈自由な人間性〉の証しであるかのように思い込む昨今の風潮に関係があるのでは」と疑問を呈し、「日本の外交当局は、ナチの〈狂気〉に、よく距離を置いていた」などとするのは、レビン自身の議論とは整合しないが、諏訪の「監修」がいかなる方向付けを帯びているか考える上で興味深いだろう（この「反権威主義」批判は、同じ千畝の行為に関して、後に別の人物からも発せられるので、ここで覚えておいて頂きたい）。

「一年のズレ」を問題にするなら、例えば、一九一九年当時まだ開校されていない「日露協会学校（後のハルビン学院）」（創設は翌年）に「千畝は第一回生として入学する」などという訳の分からない記述をしっかりと「監修」してもらいたいものだが、なかには笑い話では済まされない「一年のズレ」もあるので、以下に紹介しておこう。

レビンは、一九四〇年六月一五日のソ連によるラトビア占領に伴い、後に千畝の諜報活動を助けるポーランド地下組織のリビコフスキー大佐がストックホルム事務所にもぐり込み、そこに「小野寺信将軍」(原文一三三頁)がいたとしている。この主張は、「一九四一年初頭から、戦後に亡くなった小野寺信将軍」がヨーロッパにおける諜報網を指揮し、「リビコフスキーとともに、上の方から、千畝の救済活動の端緒をつけた」（原文二〇〇頁）という推定を引き出すための布石だが、小野寺のストックホルム着任は一九四一年一月二七日であり、前年はまだ日本にいる。また、言うまでもなく、千畝による「救済活動」は、前年一九四〇年の夏に始まっている。あとがきで小野寺夫人の『バルト海のほとりにて』に言及している諏訪は、レビンの誤りに明らかに気づいている。

そこで監修者（あるいは訳者）は、前者を「小野寺信陸軍大佐」（二一五頁）に書き換え、後者を「小野寺信少将は、一九四〇（昭和一五）年当時は大佐で」（三二二頁）などと「意訳」（!?）することによってレビンの致命的なミスを糊塗するのである。一九四〇年当時、小野寺の肩書きが陸軍大佐であったというのは正しいが、この時まだ小野寺がストックホルムにいなかったことが、訳文では巧妙に秘匿されている。

二〇〇〇年三月八日号の『サピオ』誌のユダヤ特集号によるレビンへのインタビューの紹介にあるように、レビンの仕事が紹介される場合には、ビザ発給に関して、松岡洋右やユダヤ学者の小辻節三のような「杉原千畝を後押しした日本の要人たち」の後援が必ずと言ってよいほど強調されることは留意すべきだろう。

杉原が「諜報員（スパイ）として活動していたことが判明した」というレビンの言明にも一驚を禁じえない。ロシア語で書かれた報告書で、満州駐留部隊を南太平洋に転出したがっている参謀本部が外務省に働きかけ、「ドイツ軍進攻の速やかで正確な特定を要請した」（吉上昭三・松本明訳の後出論文に引用）と自ら述べているように、千畝がリトアニアに派遣された主要な目的が、緊張高まる独ソ間の情報収集にあったことは、あまりにも明白であるからである。

千畝の諜報活動については、むろんポーランド側でも詳細に調査されており、ワルシャワ大学日本語学科のエヴァ・パワシュ＝ルトフスカと戦中抵抗運動に加わったアンジェイ・タウデシュ・

ロメルの共同研究の一端が、「第二次世界大戦と秘密情報活動――ポーランドと日本の協力関係」（『ポロニカ』、一九九五年六月号）と題する論文に紹介されている。

レビンの著書の主眼は、ユダヤ人難民救出のイニシアティヴを千畝個人から「日本の要人たち」にシフトしようという点にある。しかし、先のインタビューの最後でレビン自身が「ユダヤ人救済のための特命を受けていたという証拠も見あたらない」としているように、こうした立論は根拠が薄い。

『千畝』のなかでレビンは、MGM映画会社東京支配人の義弟でポーランド系ユダヤ人カッツのように親戚に米国の重要人物がいるケースをあげ、本省が訓令を与えた例とするが、大映画会社（社主は排日キャンペーンを繰り広げていた新聞王ハーストと昵懇）の支配人の係累の例をユダヤ人一般の保護例に付会するのは、乱暴な話である。

ゲッベルスによって映画という宣伝媒体の役割が喧伝されていた時期、対米関係の改善を模索していた日本政府にとって、カッツの出自がどのような意味を持っていたかを等閑視するとすれば、あまりにも無邪気に過ぎよう。

またレビンは、インタビューで、情報収集の見返りに「山脇大将からポーランド軍人を満州経由で逃がすために六〇〇通のヴィザを命じたとされる杉原の救済活動」が「杉原の一連の行動の端緒となったと考えられる」としているが、著書『千畝』で、「その証拠は未発見」などとしているように、これは単なる憶測にすぎない。「情報の見返りというだけなら、ユダヤ難民への発給は『余分なこと』だった」（『自由への逃走』）という中日新聞社の社会部記者の疑問は、もっともな疑問である。

レビンは、千畝に対する「日本の要人たち」の後援を立証するためには相当無理な議論もいとわない。レビンは、山脇大将ばかりか樋口季一郎少将までも、千畝の「長い満州勤務時代を通して旧知の間柄だったかもしれない」などと言い張るのである。樋口が大佐時代に第三師団の参謀長としてハルビンに来たのが、一九三五年八月一三日。この時点で満州国外交部を辞任した杉原は帰国しており、その後もすれ違いで、両者は戦後も含め一面識もない。原文では蓋然性の示唆であったものが、翻訳では「かもしれない」が省かれており、途方もない話に変貌している。

リトアニアのユダヤ人救出に関して「日本の要人たち」の後援を強調する議論が、自由主義史観なるものを奉じる「新しい歴史教科書をつくる会」の賛同者たちから昨今強く主張されていることに、ここであらためて注意を喚起したい。

一九九九年一一月一四日、ＮＴＶ系の人気番組『知ってるつもり？！』で杉原千畝とオスカー・シンドラーがとり上げられ、好評を博した。この放送が予告されると、自由主義史観の共感者がテレビ局宛に「ＦＡＸ攻勢」を呼びかけたことが、『教科書が教えない歴史』のホームページで伝えられた。

件のファックス記事によれば、「当時の資料を読むと、日本政府自身が、外務大臣とともに杉原にユダヤ人保護を命じており、これに基づいて、あの感動的なビザの発行に結びついた」とのことだが、この主張はまったくの誤りである。

杉原副領事の時に発給条件を無視したビザ大量発行に対して、松岡外相は、「最近貴館査証ノ本邦経由米加行『リスアニア』人中携帯金僅少ノ為又ハ行先國ノ入國手続未済ノ為本邦上陸ヲ許可スルヲ得ス之カ処置方ニ困リ居ル事例アルニ附」（昭和一五年八月一六日）と、杉原の伝えたユダヤ人難民たちの窮状に理解を示しておらず、さらに翌年も「行先國確定スル迄通過査証ヲ与ヘサル様致度シ」（二月二五日）と訓令し、しばしば「『カウナス』本邦領事ノ査証」云々と明記して、千畝は名指しで非難されているほどである。

『戦争論』において、小林よしのりが言及する「産経の報道」（一九九八年三月三〇日付）の記者は、そもそも、ビザ発給が領事権限に属することを理解していない。通過査証に関しては本来必要がないのに、発給の条件確認のために千畝が本省へ請訓電報を送ったのは、「何分大人数のこと故、単なるトランジットとはいいながら、公安上の見地から」（『決断・命のビザ』巻末所収の「手記」）なされたものである。

ファックス記事にはまた、放映後の後日談として、「つくる会」の賛同者で、外交評論家の岡崎久彦への言及がある。

岡崎は、番組放映後の『産経新聞』(一九九九年一一月二三日付)紙上で、千畝特集の目的を「戦後日本の反権威主義を基調とする勧善懲悪のお涙頂戴ドラマを作る」(聞き覚えのある論調だ!)ことと酷評しながらも、「今までは一般に知られていない真実」が報じられている点を一部評価する。

岡崎の言う「真実」とは、「猶太人対策要綱」(一九三八年一二月六日の「五相会議」決定)のことで、『サピオ』誌の特集では、藤原宣夫が、最後のレポートで紹介している。藤原は、同「決定」の不都合な個所を書き落とすことを忘れていない。それは、「猶太人ヲ積極的ニ日、満、支ニ招致スルカ如キハ之ヲ避ク、但シ資本家、技術者ノ如キ特ニ利用価値アルモノハ此ノ限リニ非ス」というものである。

「盟邦の意向にかかわらず、人種平等の旗を掲げて降ろさなかった日本という国を誇りに思う」と岡崎は主張しているが、残念ながら、史実はまるで異なる。

日独伊三国同盟締結(一九四〇年九月二七日)直後、「人種平等の旗」は早々に降ろされ、予定されていた第四回極東ユダヤ人会議には中止が指令された。日米開戦の翌春になると、「猶太人対策要綱」は公式に廃止された。関東軍や支那総軍など第一線の参謀長宛てに打電された「時局ニ伴フ猶太人ノ取扱ニ関スル件」によれば、廃止の理由は、「大東亜戦争勃発」によりユダヤ人利用による「外資導入」と「対米関係打開ノ必要」がなくなったためと、盟邦ドイツが、一月一日海外在住ユダヤ人の「獨逸國籍ヲ剥奪」したためだという。

「八紘一宇」という肇国の理想が、人種間の差別と不平等を指示することは、帝国議会においても閣僚答弁で表明され、厚生省文書によってもあらためて確認される。

第八四回帝国議会（一九四四年一月二六日）において、四王天延孝議員（退役陸軍中将、戦前の代表的反ユダヤ論者）が政府のユダヤ人観について質したのに対し、安藤三郎内相は、「政府が人種差別の撤廃を叫ぶと云うことは、（…）所謂日本肇国の理想そのものに差別の存するところを認め」ると断言している。また、厚生省研究部人口民族部は、『大和民族を中核とする世界政策の検討』（其の一）において、「大和民族がより下級な文化段階の諸民族と混血する」ことは、「品性の低下」や「伝統の破壊」をもたらし、「退化現象を生ずる」と臆面もなく述べたものである。小林よしのり等の喧伝する「八紘一宇」の内実とはかくのごときものであった。

戦中ユダヤ人対策をめぐる議論の背景

レビンは、千畝のビザ無条件発給の「現実的な『動機』」が見えてこないと言う。しかし、杉原は最晩年に書いた「手記」のなかで、「旅行書類の不備とか公安上の支障云々を口実に、ビーザを拒否してもかまわないとでもいうのか？　それが果たして国益に叶うことだというのか？」とはっきりと述べている。千畝の行為は、宮沢正典とグッドマンの言うように、「かれ個人の道徳的勇気と、人間としてあたりまえの思いやりを体現」（『ユダヤ人陰謀説』講談社、一九九九年）したものだが、杉原は、それがまた日本の国際的信用を守る道だと信じたのである。

「杉原千畝を後押しした日本の要人たち」などというリードとは反対に、レビンの『サピオ』誌インタビューは、「杉原が特定のユダヤ人やユダヤ人協会のような団体から賄賂を受け取ったとか、ユダヤ人救済のための特命を受けていたという証拠も見あたらない」と結論付けている。

賄賂云々の噂は、もちろん事実無根だが、無念の後半生を送った千畝に、追い打ちをかけるように卑劣な中傷が流されていたのである。今日、それでもまだ足りないかとばかりに、「日本政府のユダヤ人保護政策に従ったまで」などと誹謗が投げつけられている。

両者は、発想の低劣さという点では似たり寄ったりだが、議論の背景は相当異なるように思われる。

「ユダヤ人保護が当時の日本政府の政策」（二〇〇〇年二月二二日のレビン講演会の案内書より）などという歴史の実際に関する無知を助長しているのが、レビンの『千畝』の邦訳である。日本語を解さぬ外国人の研究者には、ある程度寛容でなければならないだろうが、この度し難い翻訳『千畝』では、特に、「悪名高い七三一部隊」、「日韓併合」や外務省が収集した反ユダヤ文書の委細など、旧日本軍や政府の人種差別や民族偏見を明示している個所は訳文から入念に削除され、原文五〇頁下部の対応訳が抜け落ち、「第二次世界大戦で日本帝国が崩壊してから半世紀たった現在、植民地主義の傷跡は、なお日本人の感情を刺激し、論争や弁明を引き起こしている」という文が闖入するなどの例もある。

唐突に挿入される当の文こそ、千畝に関する議論をめぐる監修者らの関心の所在を雄弁に物語るものだろう。

この文の原文の対応個所には、後藤新平の植民地経綸、七三一部隊の生体実験と細菌戦、ハルビン学院と対ソ政策などが論じられており、先の文は、論旨の「要約」でも「意訳」でもない。件の文は、むしろ、「植民地主義の傷跡」に「刺激された」『千畝』の翻訳者周辺がとらわれている「論争や弁明」のありかを暗示するものではないだろうか。

『千畝』の原著者ヒレル・レビンが日本語を解さないことはすでに述べた。日本語の読み書きができないものが何故研究を遂行し得たのかは、誰しも不思議に思うだろう。「共同調査」者だと自ら名乗り出ている人物がいるのだ。そして、その共同調査者こそ、他ならぬ『サピオ』誌ユダヤ特集の企画者、藤原宣夫である。

「つくる会」と似通った歴史見直しの主張を掲げ、しばしば会員の重複している団体に「日本会議」がある。

藤原は、「杉原千畝は反政府の英雄にあらず」と題されたインタビューを「日本会議」の機関誌『日本の息吹』誌（一九九九年九月号）上で受けている。副題は、「反日から親日へ——ユダヤ人を動かす歴史の真実」という、分かりやすいものである。

藤原の牽強付会には理由がある。前掲誌で藤原は、「最近アメリカなどを中心に、中国人グループと極く一部のユダヤ人グループが結託して、反日宣伝をやっていますから、これに反対して、クサビを打ち込みたかったのです」と言っているのである。藤原によれば、米英の領事館で門前払いを食ったユダヤ人の少年に、杉原が「この地球上でわが大日本帝国だけが、君たちユダヤ人を温かく迎えてあげるんだよ」と言ったという。そして、「彼の仲間三百人分のビザをだしてやる」のだそうである。藤原は、「その行為が『日本政府に反抗して』と誤って伝えられてしまったことがいけなかったのです」と言う。

「三百人分のビザ」を取り仕切った少年と言えば、ポーランドにあるミールの神学校生、モイシェ・ズプニックしかいないが、レビンの著書に、千畝がズプニックに、ビザ発給に対して語ったという言葉がこう紹介されている。「あの人たちを憐れに思うから、やっているのだ。彼らは国を出たいという。だから私はヴィザを出す。それだけのことだ」。

藤原の語る「大日本帝国」云々などという勿体ぶった話とは大分違うようだ。そもそも、ビザ発給の経緯が語られたのは千畝晩年のことであり、カウナス時代に家族以外にそれを知る者などいるはずがない。どうやら、「ことさらに誤って」いるのは藤原の方のようだ。

「杉原さん個人に対する感謝から日本国に対する信頼」を力説する藤原は、「日本の誇りとしてこの歴史の真実を、これからも世界に広めていきたい」などと言う。そして同誌には、この藤原らが、西ロサンゼルスのホロコースト博物館に「在カウナス（リトアニア）領事代理時代の杉原氏の執務中の肖像写真」（『産経新聞』一九九八年五月七日付）などと称して贈呈した肖像画が掲載されているが、この写真は、実は『決断・命のビザ』（八一頁）にもある満州時代の写真で、左上にあった「満州国」を含む中国地図を難民の写真で隠した偽造写真なのである。満州のものをカウナスのものなどとして「歴史の真実」を歪曲し、どうして「日本の誇り」など守れようか。

歴史修正主義と千畝

ここで、小林よしのりが、千畝のエピソードをどのような文脈で引用しているかいま一度想起してみよう。

まず『戦争論』では、同盟国ドイツと違い、日本が「八紘一宇の主張を貫いていた！」と述べる小林が、「日本は二万人のユダヤ人を救ったのだが、ユダヤ人は原爆を作って日本人の大虐殺に手を貸した」という言明に関連して「樋口季一郎少将と安江仙弘大佐」に言及する個所に千畝が出てくる（樋口や安江は極東ユダヤ人大会に関与したが、杉原とは無関係。また、樋口は清廉で有能な軍人だが、ソ満国境に来たユダヤ難民は、数名から多くて二百人の小集団で、満州里駅で働いていた上野破魔治や事件当時満鉄にいた庄島辰登などが理解する廃業時までの入満ユダヤ人総数が三千ないし四千名であり、「二万人のユダヤ人」がソ満国境に殺到したことなどありはしない)。『新ゴーマニズム宣言』の第八四章でも、杉原領事と樋口少将の逸話が併記され、「猶太(ユダヤ)人対策要綱」にふれ、「『人種平等』は日本の国是」という主張がなされるが、その章の総題は、「『南京事件』と『ホロコースト』は全く違う」である。

第八四章のオトポール事件(一九三八年三月にソ満国境のオトポール駅に一八人のユダヤ難民が逃げて来た際に樋口がその救済に尽力した事件の通称)の樋口の挿し絵は、第一一三章にも転載され、日本企業への賠償請求にふれ、「悲しいことに、一部のユダヤ人団体がこの世界連盟と連携しているらしい。日本は戦時中『ユダヤ人対策要綱』を出し、ユダヤ人を排斥しないと決め彼らを守ったのに…」としているが、同じ事を「日本会議」機関誌で藤原が述べている。そして、『サピオ』誌ユダヤ特集号のリードは、「南京虐殺、捕虜虐待、アジア諸国蹂躙」で始まる。小林よしのりと前掲の『日本の息吹』の藤原宣夫らの議論の道筋は、申し合わせたようにピタリと符合する。

「つくる会」や「日本会議」周辺の論者から杉原千畝に関するエピソードが議論される場合、そこに一定の準拠枠があることには、あまり注意が向けてこられなかったように思われるので、ここで整理しておこう。

① 千畝のエピソードが提出される場合は、決まってオトポール駅の樋口美談が随伴する。

② 五相会議で決定された「猶太人対策要綱」にしばしば言及されるが、旧軍でもっとも熱心

にユダヤ人保護を推進した安江仙弘大佐に対する言及は、わずかである。

③ 戦中のユダヤ人対策が、南京虐殺など日本の戦争犯罪が議論されるコンテクストのなかで脱文脈的に言及される。

戦中日本の人種政策に関する語りは、南京虐殺に関する判断など歴史認識をめぐる言説空間で展開されるのである。

ナチス・ドイツと同盟関係にあったことは明白な史実なので、これを否定することは難しい。そこで、ナチスの人種政策との相違点をできるだけ強調し、日本社会が過去に犯した対外上の過ちを相対化し希釈するという方便が、窮余の策として要請されるというわけである。

こうした修正主義の目論見のなかで、もっとも目障りなのは千畝のビザ発給に関して個人的契機が強調されることである。杉原美談と樋口美談が併論されるのは、杉原と樋口の関係を、「私」と「公」のゼロサム状態で修正主義者たちがとらえているからである。『知ってるつもり?』への「つくる会」メンバーのファックス記事で、「軍人を評価するのは、今の時代難しいことですが、杉原よりも偉大だったのはむしろ関東軍の樋口季一郎少将」で、杉原は「日本政府のユダヤ人保護政策に従ったまで」とあるのは、このゼロサム・ゲームのルールをよく表しているだろう。

安江大佐にふれられるのがまれであるのは、まかり間違って、当時の日本の人種政策について調べてみようなどという勉強熱心な読者や聴衆を発掘してしまうと、ユダヤ人保護に尽力した安江が、日独伊三国同盟締結の直後に予備役に編入されたことや、五相会議決定の廃止理由（「ユダヤ人利用による外資導入と対米関係打開の必要がなくなった為」）が露見してしまうおそれがあるからである。

『サピオ』誌によるインタビュー記事の、千畝が「ユダヤ人救済のための特命を受けていたという証拠は見あたらない」という言明と、リIドの「杉原千畝を後押しした日本の要人たち」という文言はまったく整合しないどころか真逆であり、日本語を解しないレビンが検証できないことは、歴史を都合の良いように歪曲する修正主義者たちにとって好都合なのである。

しかし、右の言明で旧著の主張から一歩踏み出したレビンは、いかに日本語を解さぬとはいえ、いつまでも自身の言説を囲繞《いにょう》するリヴィジョニスト的底意に無自覚でいるとは考えにくい。なにしろ、「日本会議」といえば、最高幹部の小堀桂一郎（「つくる会」の著名会員）が、『マルコポーロ』誌事件で有名になったIHR（Institute for Historical Review）を「アメリカ国民の真面目で、公正で、良心的な側面」（『正論』一九九四年八月号）を表す研究所などとする、穏やかならざる団体である。「ガス室はなかった」とか「『アンネの日記』は作り話だ」などという下劣なデマゴギーを垂れ流す反ユダヤ主義団体を、小堀は、「歴史を事実に基づいて検証し直せ、との要請に発する地道な資料蒐集活動を続けている」と褒めそやす。

その蒐集資料と列挙されるのは、『操られたルーズベルト』（C・B・ドール著、馬野周二訳、プレジデント社、一九九一年）や『日米・開戦の悲劇』（H・フィッシュ著、岡崎久彦監訳、PHP研究所、一九九二年）などといった類で、いずれも、ルーズベルトが、真珠湾攻撃を事前に知っていたと主張するものである。

歴史修正主義とホロコースト否定論のもっとも手厳しい批判者デボラ・リップシュタットは、『ホロコーストの真実』（原著は、『千畝』同様フリー・プレス刊）のなかで、なぜIHRの歴史修正主義者たちが真珠湾奇襲がルーズベルトがハル・ノートによってどうしても日本を戦争に巻き込みたかったと執拗に主張するかにについて、「この戦争がその核心においてほかの紛争と同じであることを示せるならば、特殊な悪の告白とか特別の戦争犯罪裁判は無効であると主張できる」からだと明敏に洞察している。「戦争の残虐行為というのはお互いさまで、どっちが悪いということもない」（『大東亜戦争の総括』歴史・検討委員会編、一九九五年所収）と講演で述べる岡崎久彦が、フィッシュの監訳者であるのは決して偶然ではないだろう。

日本語を解さぬヒレル・レビンが、自らの研究を取り巻いている論争的な脈絡（レビンの講演会の主催者が他ならぬ「日本会議」の国際広報委員会なのだ！）にどれほど自覚的なのかは分からない。ただ、『千畝』の原著の文献一覧には、宮沢とグッドマンの英語文献（フリー・プレス刊）があがっているので、「戦時中の情勢からいえば、杉原は日本政府を裏切ったことになり、不服従を理由に罰せられたのである。だからいまになって日本政府がかれの行動をほめ、あたかもかれが役人の典型であったかのごとくいうのは、日本の反ユダヤ主義の歴史から目をそらそうとする、見えすいた行動である」という文は、英語の原文で読んでいるはずだ。

「避難民のなかには、男だけでなく、女も老人も子供もいた。皆、疲労困憊していたようだった」(一九六七年の回想記)と、カウナスの日本領事館をとりまく難民たちの顔を想起させる千畝は、「正義の業を行い、寄留の異邦人、孤児、寡婦を救え」という預言者エレミアの言葉に忠実であった。

そして「憐れに思うからやっているのだ。ただそれだけのことだ」と千畝が答えた、難民たちの「疲労困憊」の顔は、世界中の至るところで、いまもなおわれわれに呼びかけている。

(文中敬称略)

松浦 寛（まつうら・ひろし）
1956年、愛媛県松山市生まれ。上智大学大学院文学研究科博士課程単位取得満期退学（フランス文学・思想専攻）。上智大学講師。ファシズムと反ユダヤ主義、差別や偏見の問題に詳しい。
著書に『日本人の〈ユダヤ人観〉変遷史』（論創社）、『ユダヤ陰謀説の正体』（筑摩書房）。共著に『〈人間〉の系譜学 -- 近代的人間像の現在と未来』（東海大学出版会）。翻訳に『イヨネスコによるマクシミリアン・コルベ』（聖母の騎士社）。論文に、「捏造される杉原千畝像」（岩波書店『世界』2000年9月号）、“Les Procédés rhétoriques dans *Monsieur Ouine*” (Études bernanosiennes 21, Paris, La Revue des Lettres Modernes, 1998) など多数。

※本文中の写真について、撮影者・提供者名のない写真・図版は全て著者の撮影・提供によるものである。

特攻隊員だった父の遺したもの

●二〇二三年一一月二〇日――――第一刷発行

著　者／**松浦　寛**

装　幀／**中村　くみ子**

発行所／株式会社　**高文研**
東京都千代田区神田猿楽町二―一―八
三恵ビル（〒一〇一―〇〇六四）
電話03＝3295＝3415
http://www.koubunken.co.jp

印刷・製本／中央精版印刷株式会社

★万一、乱丁・落丁があったときは、送料当方負担でお取りかえいたします。

ISBN978-4-87498-866-4　C0021